KB078243

기적의 연출 1

서산화 장편소설

초판 1쇄 찍은 날 § 2017년 3월 22일
초판 1쇄 펴낸 날 § 2017년 3월 29일

지은이 § 서산화
펴낸이 § 서경석

편집책임 § 김슬기

펴낸곳 § 도서출판 청어람
등록번호 § 제387-1999-000006호
등록일자 § 1999. 5. 31
어람번호 § 제1-2661호

주소 § 경기도 부천시 부일로 483번길 40 서경B/D 3F (우) 14640
전화 § 032-656-4452 팩스 § 032-656-4453
http://www.chungeoram.com
E-mail § chungeorambook@daum.net

ⓒ 서산화, 2016

ISBN 979-11-04-91246-7 04810
ISBN 979-11-04-90993-1 (세트)

Miracle Direction
기적의 연출
7
[완결]
서산화 장편소설
FUSION FANTASTIC STORY
도서출판
청어람

Contents

Chapter 1
전대미문의 스태프 오디션!

카메라감독과 조명감독을 뽑는 스태프 오디션 당일.

워너 브라더스 본사의 직원들이 분주하게 움직이고 있었다. 그들은 스튜디오로 카메라, 조명, 오디오 장비를 날랐다.

대대적인 준비 과정을 지켜보던 토비 휴스턴이 팔짱을 낀 채 곁에 있는 지호에게 말했다.

"스태프 오디션 공고를 올리자마자 이렇게 많은 지원자들이 몰릴 줄은 생각지도 못했습니다. 애초에 스태프 오디션이란 자체가 생소하니까요."

"저도 동감합니다. 직접 진행하면서도 지원자가 있을지 긴

가민가했거든요. 이렇게 미국 전역에서 몰려들 줄은……."

"이 넓은 할리우드에 감독이 신 감독님만 있는 것도 아닌데요. 그렇죠? 하하하!"

"하하, 그러게요."

머쓱하게 대답하는 지호를 빤히 바라보던 토비 휴스턴이 화제를 바꿔 물었다.

"그나저나, 오디션은 어떻게 보실 계획이십니까? 영화 기술이란 게 정답이 있는 것도 아닌 데다, 지원자가 너무 많아서 추리기도 힘들 텐데요. 서로의 스타일이 잘 맞는지는 또 어떻게 알아보실 생각이십니까?"

그에 빙그레 웃은 지호가 답했다.

"힘들다고 생각하면 한없이 힘든 일이고, 간단하게 생각하면 간단한 일입니다. 지원자들에게도 오디션 일정을 공지했지만, 삼 일에 걸쳐서 진행할 생각입니다. 첫째 날은 각자의 경력과 기술을 보고, 둘째 날은 4인 1조로 한 팀을 조직하는 미션, 셋째 날은 팀 별로 간단한 1분 영상을 촬영하게끔 해볼 생각입니다."

"백 명이 넘는 인원을요?"

"많다고 생각하면 많지만, 배우 오디션을 생각하면 많은 것도 아니죠."

배우 오디션 땐 하루에 이백, 삼백 명도 본다. 그걸 감안하면 많다고도 할 수 없는 것이다.

"흠. 그건 그렇군요."

고개를 끄덕인 토비 휴스턴이 지호의 어깨를 잡으며 격려했다.

"꼭 좋은 동료들을 뽑으시기 바랍니다. 모든 건 신 감독님 손에 달려 있어요."

"이번에도 좋은 인연이 있으리라 기대하고 있습니다."

그 뒤로 한 시간쯤 지나자 지원자들이 속속들이 도착하기 시작했다. 지호는 먼발치에서 바라보는 것만으로 누가 경험 많은 베테랑인지 한눈에 알아볼 수 있었다.

워너 브라더스 본사에 도착하자마자 상기된 얼굴로 주변을 두리번거리는 이들은 할리우드에서 작업한 경험이 많지 않은 이들이며, 집에 온 것처럼 별 감흥이 없는 이들은 이미 큰 영화사들과 작업을 해본 경험이 있는 사람들일 가능성이 컸다.

'경험이 많고 적고는 중요치 않지만……'

지호는 경험의 유무에 따른 장단점이 다르다고 생각했다.

경험이 많으면 일이 능숙한 대신 자신만의 습관이나 고집이 짙게 배어 있을 테고, 경험이 부족하면 백지에 그림을 그리듯 팀의 색깔을 입힐 수 있겠지만 하나부터 열까지 지도가 필요할 터였다.

물론 경험이 많아도 포용력이 넓거나, 경험이 적어도 능숙하게 일을 처리하는 사람도 있다. 그리고 이런 특별하다면 특별한 인재들이 지금 지호가 바라는 인재상이었다.

'내가 그들을 알아볼 수 있어야 할 텐데.'

사람을 통찰하는 것은 생각보다 쉬운 일이 아니었다. 많은 이들이 자신이 남에 대해 안다고 생각하지만, 정작 자기 자신도 모르는 게 사람인 것이다.

언변에 능해 일도 야무지게 잘할 것 같던 사람이 언변을 이용해 분란을 만들고, 묵직해 보였던 사람이 돌발 행동을 해서 판을 뒤집어 놓는 경우가 비일비재했다. 믿을 건 말도 인상도 아닌, 결과뿐인 것이다.

"그럼 슬슬 시작하겠습니다. 워너 브라더스님, 진행 부탁드려요."

"알겠습니다. 감독님."

흔쾌히 대답한 워너 브라더스의 기획팀장이 움직였다. 그러자 기획팀 직원들이 분주하게 돌아다니며 명찰을 배부하고 스태프들의 순번을 정리했다.

영화제작에 들어가면 배우 오디션을 직접 주도하는 경우도 여럿 있으므로, 이런 행사는 그들에게 익숙했다.

한편 지호는 먼저 미팅 룸으로 들어가 참가자 이력서를 검토했다. 참가자의 인원수만큼 이력서도 많았다.

'실력 없는 사람들은 오늘 걸러질 테고, 문제는 내일이겠군.'

서로 안면을 튼 동문이나 현장 경력이 화려한 이들은 함께 팀을 결성할 확률이 높았다. 반면 실력은 있지만 명성이 부족한 사람들은 팀을 구하기 힘들 수밖에 없다. 지호가 주시하는 건 그러한 그룹이었다.

　'경험이 적어도 능숙하게 일 처리를 하는 사람.'

　그런 부류를 어렵지 않게 구별할 수 있게 되는 셈이다.

　이들을 구별해 내고 나면, 연출을 보필하며 그들을 이끌 베테랑이 필요해질 터.

　'이 사람들을 구분해 내는 게 힘들 거야.'

　실력 있는 베테랑들을 뽑아놓으면 문제는 그때부터다. 대부분은 오디션에 합격하기 위해 이 과정에선 자신의 색깔을 숨기기 때문이다. 산전수전 다 겪은 그들이 작정하고 숨기는 데에야 보통 날카롭지 않고선 파악할 수가 없는 것이다.

　하지만 시간은 기다려 주지 않았다. 지호가 대안을 마련하기도 전에 기획팀장이 문틈으로 얼굴을 빼꼼 내밀며 보고했다.

　"스태프들 들여보낼까요?"

　"네."

　지호의 승낙이 떨어지기 무섭게 기획팀장은 지원자들을 들여보냈다.

　이내 카메라 분야부터 한 명씩 입장했다. 지원자가 들어와

자기소개를 마치면 지호는 삼각대에 올려둔 카메라를 응시하며 말했다.

"지금 입고 계신 외투가 됐던, 앞에 앉은 제가 됐던, 어떤 피사체라도 좋습니다. 자신만의 색깔로 딱 한 장만 사진을 찍어주세요. 시간제한은 3분입니다."

기회는 단 한 번뿐인 데다 시간제한까지 있다. 더구나 뭘 찍을지도 정해주지 않았다. 여러 제약을 내포한 오디션 내용을 들은 지원자들은 질려 버렸다.

'이게 뭐야? 도대체 뭘 보려는 거지?'

지호는 그 부분에 대해 설명하지 않았다.

"지금부터 시간 재겠습니다."

삐빅—

타이머를 누르고, 잠자코 기다릴 뿐이다.

많은 참가자들이 지호가 앞서 언급한 외투를 벗어 촬영하거나 지호를 찍었다. 그러나 이 두 가지 소재를 피사체로 정한 이들 중 뛰어난 실력을 보여준 사람은 드물었다.

반면 튀려고 안달이 난 것처럼 특이한 피사체를 고른 이들 역시 볼품없는 경우가 대부분이었다.

정말 괜찮은 사진을 찍어서 낸 이들은 피사체가 중요치 않다는 오디션의 목적을 간파하고 있는 지원자들이었다. 그중에는 유태일과 지혜도 있었다.

조명 분야도 비슷한 방식으로 진행됐다. 지원자가 피사체에 색깔을 입히면 지호가 사진을 찍는 방식이었다.

'딱 다섯 팀 나오겠군.'

지호는 1차 미션 합격자 명단을 따로 정리했다. 만 하루 만에 아흔아홉 명의 탈락자와 스무 명의 합격자가 나왔다.

이들 모두 당장 같이 작업해도 손색이 없을 만큼 뛰어난 실력을 보여줬지만, 현재 필요한 핵심 인원은 카메라감독, 조명감독 포함 서브까지 네 명이었다.

"말은 쉽게 했지만 여간 헷갈리는 게 아니야……."

지호는 허탈하게 웃으며 중얼거렸다.

다들 실력이 거기서 거기였다. 그렇다 보니 자칫 친분이 있는 유태일과 지혜에게 점수를 더 줄 수도 있을 것 같았다. 두 사람은 자신과 잘 맞는다는 게 검증된 이들이었으니까.

'하지만 그 이상의 호흡을 원해.'

유태일과 지혜 둘 다 시너지 효과를 일으킬 수 있을 만한 동료들이었지만 어느 정도의 범주를 벗어나지 못했다. 정해진 범주 그 이상도, 그 이하도 아닌 것이다. 지금 지호가 원하는 건 잘 맞는 개개인이 아닌, 자신이 상상하던 한계를 무너뜨려 줄 팀이었다. 그 팀의 구성원에 옛 동료들이 포함될지… 그조차 알 수 없었다.

"냉정을 잃지 말자."

그는 굳게 다짐하며 자리에서 일어났다.

*　　　　*　　　　*

이튿날에는 네 명씩 팀을 만드는 미션이 기다리고 있었다.

어제까지만 해도 쟁쟁한 경쟁을 펼쳤던 지원자들은 맥이 탁 풀렸다. 고작 팀을 만드는 게 오디션이라니, 이게 무슨 장난인가 싶기도 했다.

"예전이나 지금이나 속을 모르겠군."

유태일은 조금 불만스러운 표정으로 말을 이었다.

"서로 도와주기로 했던 것뿐인데, 신지호 팀에 합류하기 위해 오디션을 봐야 하다니."

"지호가 부른 게 아니고 오빠가 지원한 거잖아요?"

의표를 찌르는 지혜의 한마디에 유태일은 어깨를 으쓱였다.

"뭐, 그건 그렇지만. 사실 오디션 내용이 불공평해서 불평을 했을 뿐이야."

"오디션 내용이 왜요?"

지혜가 묻자 유태일은 반대편에 있는 지원자들을 보며 대답했다.

"전부 백인이잖아? 삼삼오오 모여서 대화 나누는 걸 보면 대다수가 서로 안면도 있는 것 같고."

"하, 참. 오빠가 언제부터 그런 거 신경 썼어요? 솔직히 툭 터놓고 말해 봐요. 신 감독이 주최하는 오디션 보고 싶지 않은데, 저 때문에 온 거죠?"

"착각이라고 말하고 싶군."

유태일의 대답은 애매모호했다. 착각이라는 것 같기도 하고, 착각이 아니라는 것 같기도 했다.

그러나 이쯤 되면 정답은 나와 있는 셈이었다.

"기왕이면 멋진 모습을 보여주세요. 어울리지도 않는 불평만 늘어놓지 마시고……. 같이 작업해야 될 것 아녜요?"

"그럼 일단 우린 한 팀인 건가?"

"그러시든지요."

지혜가 새침하게 말했지만 유태일은 만족한 표정이었다.

"좋아. 그럼 네 말대로 일단은 신 감독의 시험에 통과해 보자고."

두 사람이 이런저런 대화를 나누는 동안 지호는 강당에 모인 지원자들을 바라보고 있었다. 고막에 걸리는 대부분의 대화 내용들은 불평이었다. 그들은 고작 팀을 만드는 것에 하루를 보낸다는 것을 시간 낭비라고 생각하고 있었다.

'이걸 오디션이라고 생각하면 그렇겠지. 하지만 실전이라고 생각한다면 팀 구성만큼 중요한 게 있을까? 가장 많은 시간과

노력을 투자해야 하는 시간인데.'

지원자 대부분은 가장 중요하다면 중요하다고 할 수 있는 사실을 간과하고 있었다.

그때, 유태일과 지혜가 반대 방향으로 찢어져 움직이며 지원자들에게 하나하나 말을 붙이는 모습이 눈에 들어왔다.

'역시.'

화합을 중요하게 생각하는 그들의 성향은 플러스 점수가 됐다.

곧이어 유태일과 지혜뿐만 아니라 절반 정도 되는 지원자들이 모르는 사람에게 말을 거는 모습들이 포착되기 시작했다. 오디션의 의도를 이해한 것은 두 사람만이 아니라는 것이었다.

지호는 무전을 쳤다.

"촬영하시면 될 것 같습니다."

지호의 말이 끝나자 워너 브라더스 직원 몇몇이 안으로 들어섰다. 그들은 보이지 않는 곳에 카메라를 숨긴 채 팀을 만드는 지원자들의 언행을 고스란히 담았다.

오디션 과정 촬영에 대한 사안은 이미 사전에 동의를 받은 바였기에 법적 문제가 없었다.

지호 역시 뒷짐을 지고 산책하듯 지원자들 사이를 돌아다녔다. 그들 중에는 서로의 경력에 이끌려 다가가는 사람도, 상대의 경력이 볼품없어 거절하는 사람도 있었다.

　대부분의 공통점은 서로에 대한 정보가 전무하다시피 한 지금, 개개인이 가지고 있는 경력이 절대적 척도가 되고 있다는 점이었다. 첫마디부터 '어떤 영화 작업에 참여하셨어요?' 묻는 것이 이곳만의 짧은 관례처럼 자리 잡았다.

　그리고 지호는 이런 방식을 나쁘게 여기지 않았다.

　'현명한 걸 수도… 하지만 인원은 한정되어 있고, 모든 이들이 만족스러운 파트너를 만날 수는 없다.'

　분명 경력이 풍부한 파트너를 만나면 다음 미션에서 유리한 위치를 선점할 수 있을 것이다. 그러나 진짜 유리한 건 충분히 만족하지 못하는 파트너와 작업을 하면서도 전자 못지않은 성과를 뽑아냈을 때다.

　'모든 건 양날의 칼이지.'

　지호의 두 눈이 흥미롭게 빛나고 있었다.

Chapter 2
전대미문의 스태프 오디션II

2일차 팀 결성 미션이 끝난 뒤 지호는 사무실에 남아 자료 화면들을 분석했다. 어떤 계기로 팀이 결성됐는지, 누가 어떤 생각을 갖고 이야길 했는지 면밀히 관찰했다. 물론 참가자들은 이런 영상을 찍었을 거라곤 상상도 못하겠지만.

개중에는 사교적인 것 같은 사람도, 가식적인 것 같은 사람도, 무뚝뚝한 것 같은 사람도 보였다.

'관건은 내일이겠군.'

오늘 일정을 파하면서 과제를 내주었다.

내일까지 배우를 구하든, 직접 연출과 배우를 병행하든 1분

내외의 영상을 촬영해 오라는 것이었다. 그러니 지호는 영상을 통해 촬영 과정을 들여다봐야 하는 셈이다.

나름대로 지원자들 한 명, 한 명의 특이 사항을 모두 메모해 둔 그는 어느새 잠이 들었고, 다음 날 눈을 떴다.

"또 불을 켜둔 상태로 잠들었네."

중얼거린 지호는 바로 몸을 일으켜 샤워를 하고 호텔을 나섰다. 그는 워너 브라더스 본사에 도착해 토비 휴스턴으로부터 영상들이 담긴 USB를 인계받았다.

"각 팀 팀장 이름을 알파벳순으로 정리해 뒀습니다."

"수고하셨습니다."

USB를 받은 지호는 자신의 사무실로 가서 컴퓨터에 연결했다. 제출 기한이 오늘 아침 아홉 시까지였으므로 USB 안에는 모든 팀의 1분짜리 영상들이 들어 있었다.

"그럼 어디 한번 볼까?"

그는 A부터 시작해 영상을 재생시켰다.

실력자들답게 과제물의 내용은 다양했다. 동물이나 곤충이 먹이를 잡아먹는 장면을 다큐멘터리처럼 찍은 영상부터, 일상적인 1인극까지.

영상미는 나무랄 데가 없었다.

'문제는 내용인데.'

메시지를 강렬하게 전달하는 작품을 찾기 힘들었다.

그때 문득 유태일과 지혜의 작품이 눈에 들어왔다.

제목은 김치(原作―김경래).

지호는 재생 버튼을 클릭했다.

그러자 화면에 할아버지 한 명이 나왔다. 허름한 방 안에 홀로 있던 할아버지는 옷을 멋지게 차려입고 거울을 보며 '김치'하고 웃어 보인 뒤 일회용 카메라로 사진을 찍는다. 허름한 집에 플래시가 터지고, 이내 화면은 장례식장으로 바뀐다. 영정사진 안에는 '김치'하고 웃는 할아버지가 있다.

독거노인의 아픔을 다룬 작품인 것이다. 단 1분 만에 충분한 메시지가 전달되었다.

"하."

정말이지, 센스 만점의 유태일과 지혜가 머리를 맞대니 작품이 탄생하는구나 싶었다.

그에 맞선 경쟁작은 동행(原作―변해운).

휴 브리저 팀의 작품이었다.

연이어 지호는 영상을 재생시켰다.

그러자 다섯 살 남짓 되어 보이는 귀여운 남매가 화면에 나왔다. 두 아이는 무거운 빔 프로젝터를 힘들게 옮긴 뒤, 불을 끄고 벽에 비추었다. 이내 에메랄드빛 바다의 배경이 나오고, 아이들은 미리 가져온 물안경과 수영복을 입고 즐겁게 노는 시늉을 했다. 그 순간 천천히 카메라가 움직이며 병원 침대에 누운 채 눈물을 흘리고 있는 엄마의 모습을 보여주었다.

엄마를 향한 아이들의 사랑을 다룬 작품이었다.

"이것도 멋지고."

두 작품을 보면 카메라, 조명, 음악의 화합을 알 수 있었다. 안정적이면서도 반전이 있는 카메라 워킹, 은은하고 자연스러운 조명, 잔잔하되 감동을 주는 음악까지. 하필이면 전반적인 작품의 분위기도 맞아떨어졌다.

'생각보다 쉽게 결과가 날지도.'

지호는 두 작품을 보류해 둔 채 다음 영상으로 넘어갔다.

*   *   *

다음 날 지호는 메인 스태프로 선발한 사람들과 점심을 먹는 시간을 가졌다.

자리에는 유태일, 지혜, 휴 브리저, 레이 분스, 조엘 리베라까지 다섯 명이 왔다. 한 팀을 뽑은 것이 아닌, 두 팀에서 둘, 셋씩 선발한 것이다.

둥근 원탁에서 지호의 맞은편에 앉은 휴 브리저가 물었다.

"여기 온 분들이 어떤 기준으로 뽑힌 건지 알 수 있을까요?"

"물론입니다."

지호는 고개를 끄덕이며 답했다.

"여러분이 만들거나 참여한 영화를 구할 수 있는 한 모두 구해서 보았습니다. 그 결과, 저를 포함해 서로 스타일이 비슷한 분들만 모신 겁니다."

"저희가 찍은 영화를 모두 검토하셨다고요?"

"네. 브리저 씨가 조명감독으로 참여한 드라마 〈일레븐〉은 즐겁게 봤습니다."

지호가 자신을 바로 알아보자 휴 브레저는 기분이 좋았다.

"제 대표작이긴 하죠. 그 전후로 잘된 작품이 없거든요. 〈일레븐〉을 하면서 조명 쪽에 가장 흥미를 느낀다는 사실을 새삼 깨달았습니다."

"그래서 전향하신 거군요. 그전에는 연출로 영화들을 찍으셨던데……."

"하하, 그것까지 알고 계시면 부끄러운데요."

휴 브리저는 멋쩍게 웃었다. 자신이 연출한 영화는 모두 형편없다는 평을 들었기 때문이다. 조명에 관한 이해도에 비해 연출력은 한없이 부족했다.

그는 입맛을 다시 말했다.

"아무튼 감독님께서 제 작품들을 봐주셨다니 감사할 따름입니다."

"별말씀을요."

지호는 지원자들 한 명, 한 명을 일별하고 덧붙였다.

"저야말로 여러분을 모시게 되어 영광입니다. 그럼 식사하시면서 천천히 대화 나누시죠."

머지않아 음식이 나오자, 그가 본론을 꺼냈다.

"보시다시피 연출부는 최소 인원으로 구성했기 때문에 앞으로 바빠질 예정입니다. 해서, 오늘 업무 분담에 대한 정리도 할 겸 식사 자리를 마련했습니다."

역시 일 이야기가 빠질 수 없었다.

유태일과 지혜는 그럼 그렇지 하는 눈빛이었다.

지호는 귀에 쏙쏙 박히는 또렷한 어조로 말을 이었다.

"현장에서 유태일, 이지혜, 조엘 리베라 씨는 A, B, C카메라를 담당해 주실 겁니다. 또한 휴 브리저, 레이 분스 씨는 조명을 맡아주시면 됩니다."

고개를 끄덕인 지혜가 물었다.

"현장에선 그렇고, 프리프로덕션 과정에선요?"

처음 보는 사람들도 있는 공적인 자리였기에 그녀는 존대를 했다. 물론 한국말을 알아듣는 사람은 유태일, 지혜, 그리고 지호뿐이었지만.

지호는 모두가 들을 수 있도록 영어로 답했다.

"프리프로덕션 때 참여하는 건 의무가 아닙니다. 연출부의 역할은 어디까지나 프로덕션이니까요. 하지만 자원해서 도와주시겠다면 말리진 않겠습니다."

그제서 지혜도 영어로 말했다.

"전 빠질 수 없죠."

유태일이 고개를 끄덕였다.

"한국에서처럼 공동 연출을 못하는 건 아쉽지만… 저도 최대한 참여하겠습니다. 프리프로덕션이 됐던 포스트 프로덕션이 됐던."

적극적으로 지원사격을 해주는 두 사람이 있으니 확실히 얘기가 빨랐다. 나머지 스태프들도 선뜻 나선 것이다.

"저도 참여하겠습니다."

"저도요."

"이거 빠질 수가 없겠는데요? 하하. 저도 참여하겠습니다."

그들을 보며 지호는 빙그레 웃었다.

'프로덕션에 들어가기 전에 손발을 맞춰볼 기회가 있으면 좋지.'

분위기란 게 이래서 중요했다.

그리고 지금 같은 분위기를 만든 건 처음부터 지호의 우군이 되어준 유태일과 지혜 덕분이었다.

자기편을 만든 상태에서 시작한다는 건 분명 큰 힘이 되는 일이었다.

"감사합니다. 그럼 이제부터 해야 할 일을 말씀드리겠습니다."

지호는 자리에 모인 스태프들을 일별하며 임무를 지정해 주었다.

"다섯 분은 스토리 보드를 보시고 촬영 후보지를 뽑아주세요. 워너 브라더스 기획팀도 움직여주고 있지만 직접 촬영하실 분들이 나서주신다면 좀 더 미학적인 부분까지 고려할 수 있을 거예요."

유태일의 얼굴이 화색이 돌았다. 지혜와 함께 쏘다닐 생각을 하니 기분이 좋아진 것이다.

그때 지호가 초를 쳤다.

"아, 그리고 지혜 누나랑 유 선배님은 이쪽 지리나 제작 방식에 밝은 분들과 함께 움직여 주세요."

"네."

지혜는 대수롭지 않게 대답했고, 유태일은 마지못해 고개를 끄덕였다.

남은 시간, 지호와 스태프들은 앞으로 촬영하게 될 〈마법의 노래〉에 관해 폭넓은 대화를 나눴다.

"주연은 누구로 생각하고 계십니까? 〈해리포터〉 시리즈의 배우들을 쓰는 것도 나쁘지 않을 것 같은데요."

휴 브리저의 의견을 들은 사람들은 웃음을 터뜨렸다. 대부분이 우스갯소리로 이해했지만, 정작 말을 꺼낸 장본인은 진지했다.

"어차피 〈해리포터〉 시리즈는 나온 지 오래됐잖아요? 배우들이 대부분 겹치는 이미지의 배역을 맡게 되는 데에는 그만한 이유가 있다고 생각합니다. 일단 연기부터가 자연스럽고, 캐릭터도 그만큼 잘 맞는단 전제를 깔고 들어가는 거니까요."

지호는 그 말도 일리가 있다고 생각했지만 동의하진 않았다.

"일정 부분 인정하지만, 같은 시리즈물에 같은 마법사로 등장한다면 비웃음을 사게 될 거예요. 배우에게 특별한 추억 하나 안겨주는 것 이상의 의미가 없다고 생각합니다."

조금 직설적으로 대답한 그는 덧붙여 당부했다.

"모든 사람들이 영화를 만들 때 열성을 다합니다. 그래도 완벽할 순 없죠. 저 역시 한 번도 완벽한 영화를 만들어본 적이 없습니다. 하지만 이번 영화만큼은 완벽을 추구하고 싶습니다. 너무 힘이 들어갈 필요는 없겠지만, 작은 소품 하나까지 디테일을 살려주셨으면 해요."

스태프들은 고개를 끄덕였다. 여기 누구도 적당히 일하러 온 사람은 없었지만, 그럼에도 모두들 다시금 마음을 다졌다. 유태일과 지혜를 제외하면 모두 이 바닥에서 내로라하는 베테랑이었음에도 그들은 금방 감독에 대한 존중을 보여줬다. 이렇게 겸손하고 신중한 태도가 그들을 프로페셔널하게 만들어 주는 것이다.

"그럼 어떤 배우를 원하십니까?"

휴 브리저가 묻자 지호는 망설임 없이 대답했다.

"배역이 마법사라면, 현실에서 그 사람이 마법사라고 해도 믿을 정도의 이미지를 가진 배우들이 필요합니다. 외모부터 말투, 행동 하나까지요. 그런 배우를 찾거든 연기를 돕기 위해 안배해 둔 선물도 있습니다."

"선물이요?"

"네. 배우들이 깊게 인물 분석을 할 수 있도록, 캐릭터의 삶이 고스란히 깃든 일기장을 준비해 봤습니다."

"그런 게 어디서 났어요?"

지혜가 묻자 지호는 어깨를 으쓱이며 답했다.

"제가 썼습니다. 〈마법의 노래〉를 스무 번도 넘게 읽었거든요."

"설마 모든 인물들의 일기장을 준비한 건 아니겠죠?"

"맞습니다. 하루, 하루가 담겨 있는 일기장은 아니지만 캐릭터의 삶 속에서 굵직한 사건들은 빠짐없이 적혀 있죠. 왜 결벽증과 자격지심이 생겼는지, 어떻게 마법을 배우게 됐는지까지. 원작에는 없는 부분입니다."

그에 유태일이 의문을 표했다.

"왜 그런 수고스러운 작업을 한 거죠? 배우들이 그걸 읽는 다고 해서 연기력이 확 늘진 않을 텐데요. 원래 실력 있는 배우를 섭외할 테니 알아서 잘할 거고……."

조용히 경청하던 조엘 리베라도 동의했다.

"제 생각도 그래요. 오히려 배우가 캐릭터를 표현할 수 있는 자유도에 제약을 받지 않을까요? 그럼 맞지 않는 옷을 입은 것처럼 오히려 연기에 방해가 될 수 있어요."

"아뇨."

지호는 고개를 저으며 덧붙였다.

"어차피 배우들이 볼 건 어떤 '사건'들뿐입니다. 캐릭터의 습관 하나하나는 배우가 입힐 거예요. 이런 부분에서 제가 마련한 '사건'들이 도움이 될 겁니다. 우린 그렇게 디테일한 배우와 작업을 할 거고요."

이어서, 숨을 고른 그가 말을 맺었다.

"우린 두어 시간짜리 필름을 만드는 게 아닙니다. 〈마법의 노래〉의 세계관에 살고 있는 인물들 한 사람, 한 사람의 인생을 카메라에 담을 겁니다."

Chapter 3
전대미문의 배우 오디션Ⅰ

다니엘 루즈는 영국의 연극판에서 유명한 톱스타였다.

그는 무대에서 관객과 호흡하는 순간이 좋았다. 그래서인지 연극판에서 연일 상한가를 치는 몸값에도 불구하고 작품이 좋으면 출연 결정을 한다는 소문이 공공연히 돌았다.

셰익스피어 4대 비극 프로젝트를 기획한 연출자인 아담 안드레아는 그에게 마지막 공연 '햄릿'의 역할을 부탁하는 각본을 보냈고, 승낙을 받아냈다.

이런 사연 끝에 다니엘 루즈는 오늘 저녁, 브로드웨이 무대에 햄릿으로 섰다. 그는 원작의 햄릿을 연상시키는 연기보단 자신만의 햄릿을 완벽히 구현해 냈다. 그로인해 관객들은 자신들이 알고 있던 소설 속 햄릿이 아닌, 살아 있는 햄릿을 만나볼 수 있었다.

그중에는 지호도 있었다. 그는 객석 맨 앞줄에 앉아 턱을 괸 채 다니엘 루즈의 연기를 지켜보고 있었다.

'햄릿을 재해석했다. 서사적인 느낌의 발성과 호흡을 버리고 과감하게 현대적인 시도를 해서 전달력이나 호소력을 높였다. 그러면서도 다른 배우들과의 음률을 깨지 않아.'

뒤를 잇는 의문은 하나였다.

'연출자의 아이디어일까, 배우 본인의 아이디어일까?'

어느 쪽이든 배우의 표현은 훌륭했다. 하지만 지호가 바라는 건 〈마법의 노래〉 캐릭터에 자신이 상상했던 이상의 생명력을 불어넣어 줄 배우였다. 그러자면 캐릭터에 대한 새로운 해석을 해줄 배우가 필요했다.

'자신의 생각을 덧붙이는 정도로는 부족해.'

연극의 막이 내리자 자리에서 일어난 지호는 폭우처럼 쏟아지는 박수갈채 속을 뚫고 대기실로 향했다.

머지않아 문 앞을 지키는 보안 요원이 보였다. 그에게로 다가간 지호는 일종의 통행증이 될 수 있는 신분증을 내밀었다.

"저는 신지호 감독이라고 합니다. 배우 캐스팅을 위해 이곳에 왔습니다."

신분증을 확인한 보안 요원이 무전을 쳤다.

통과 여부를 묻는 질문에, 관제탑으로부터 승인이 떨어졌다.

그렇게 들어선 대기실에는 연출자인 아담 안드레아가 다니엘 루즈를 비롯한 배우들을 상대로 노고를 치하하고 있었다.

"다들 정말 수고 많았습니다. 최고의 공연이었어요! 관객들은 오늘 본 햄릿을 평생 기억에서 지우지 못할 겁니다······."

지호는 대기실 귀퉁이에서 그가 말을 마칠 때까지 잠자코 기다렸다.

얼마 후 말을 마친 연출자가 대기실을 나가자, 뒤따라 나간 지호가 그를 붙잡았다.

"실례하겠습니다."

"네?"

"저는 신지호라고 합니다. 영화감독이죠."

"아······! 어디서 많이 봤다 했더니. 반갑습니다."

선뜻 악수를 나눈 아담 안드레아가 물었다.

"그런데 제게 무슨 일로······?"

"연극을 너무 즐겁게 봤는데, 연극을 본 뒤 여쭙고 싶은 부분이 생겨서요."

"말씀하시죠."

"오늘 햄릿을 재해석한 분이 선생님이셨는지, 아니면 배우였는지 궁금합니다."

"그야 당연히 배우였습니다. 전 무대와 대본을 제공했을 뿐이죠."

"아!"

지호는 머릿속이 환히 밝아지는 기분이었다.

"정말 감사합니다."

그의 인사를 받은 아담 안드레아는 어쩐지 찝찝한 표정이었다.

"미처 말은 못했지만 다니엘을 캐스팅할 계획이라면 다시 한 번 생각해 보길 권합니다. 저도 처음에는 다니엘을 좋은 배우로 봤지만… 지금은 그를 쓴 걸 후회하고 있어요."

원래 무대가 끝난 뒤에는 안 좋았던 기억들은 퇴색되게 마련이다. '결과가 좋으면 다 좋다'는 법칙이 통용되는 판이었던 것이다. 그럼에도 다니엘 루즈를 비추천하는 데에는 분명 그만한 이유가 있을 터.

지호는 한 귀로 흘릴 수 없었다.

"무슨 일이 있었던 겁니까?"

"연기는 완벽하지만 그는 제멋대로예요."

아담 안드레아가 고개를 절레절레 저으며 말을 이었다.

"분야는 다르지만 같은 연출자로서 하는 말입니다. 제가 지금껏 함께 작업했던 배우들 중 가장 끔찍한 배우였어요. 대부분의 배우들이 감독을 존중할 줄 알지만, 그는 건방지고 독선적입니다."

주관적인 평가를 남긴 그는 자리를 떠났다.

뒤에 남겨진 지호는 조금 얼떨떨한 기분에 사로잡혔다.

'연극도 다 끝난 마당에 내게 욕을 할 정도면 정말 최악이란 뜻인데?'

하지만 대화 한 번 해보지 않고 사람을 판단하는 건 그의 스타일이 아니다. 영화 다니엘 루즈가 〈마법의 노래〉에 적합한지 판단해야 할 사람은 아담 안드레아가 아닌 지호 자신이었다.

'단지 아담 안드레아의 햄릿이 못마땅했던 거였으면 좋겠군.'

그는 복도 의자에 앉아 기다렸다. 분장을 지우고 나오는 배우들을 차례차례 보내자 마지막에 다니엘 루즈가 나타났다. 그는 눈살을 찌푸린 채 자신의 에이전트를 다그치고 있었다.

"난 자유란 게 없는 건가? 지금 바로 영국으로 날아가야 한다고?"

날 선 어조에 에이전트가 진땀을 뺐다.

"다니엘. 이번 '햄릿' 공연도 네 멋대로 갑자기 결정하는 바람에 드라마 자체가 미뤄졌어. 방송국이랑 작업하는 첫 작품인데 이런 식이면 진짜 곤란하다고."

"이런 상황에 적절한 대처를 하라고 자네를 고용한 거야, 잭. 일 잘하는 배우와 성격 좋은 배우 둘 중 어느 쪽을 선택하고 싶나? 둘 다 잘하는 배우는 없다고 봐도 무방하니 선택해야 할 거야. 돈을 벌려면 일 잘하는 내가 이런 엿 같은 상황에 신경 쓰이지 않도록 해달란 말이야, 친구. 알겠나?"

군이 두 사람의 대화를 처음부터 쭉 듣지 않아도 지호는 상황을 유추할 수 있었다. 다니엘 루즈가 아담 안드레아의 말처럼 길들여지지 않는 야생마 같은 느낌을 풍긴다는 것도.

"말씀 중 실례지만 잠시 시간 좀 내주실 수 있을까요?"

갑자기 들려오는 지호의 목소리에 대화를 나누던 두 사람이 고개를 돌렸다. 그리고 이내 다니엘 루즈가 물었다.

"누구셨더라?"

거의 동시에, 에이전트가 지호를 알아보고 감탄사를 터뜨렸다.

"설마, 신지호 감독님?"

"맞습니다."

지호는 일어나며 손을 내밀었다.

"신지호입니다."

"신지호, 신지호 감독……."

중얼거리던 다니엘 루즈 역시 머지않아 그를 알아보았다.

"아! 영화 잘 봤습니다. 완전 죽이던데요?"

그는 활짝 웃으며 손을 맞잡았다.

"〈투데이〉는 좀 뻔했고, 〈부산〉이 제 스타일이었어요."

"참고하죠."

씨익 웃은 지호가 이어 물었다.

"시간 괜찮으시면 오늘 저녁 식사를 함께하고 싶은데요."

"남자한테 받는 데이트 신청도 썩 괜찮을 때가 있군요."

다니엘 루즈가 자신의 에이전트를 보며 뼈 있는 물음을 던졌다.

"밥 한 끼 정돈 괜찮겠지?"

"아… 물론이지. 하지만 다니엘. 이번 주에 휴가를 내는 건 절대 안 된다는 것만 알아둬."

신신당부한 에이전트는 지호에게 말했다.

"좀 화끈한 친구긴 하지만 나쁜 친구는 아닙니다. 연기는 최고고요. 잘 좀 봐주십시오."

그에 지호가 두 사람 모두에게 제안했다.

"여기서 이러지 말고, 차라리 셋이 함께 가시죠. 밥 대신 간단한 안주에 맥주를 곁들여도 좋고요."

"그것 참 마음에 드는 제안이군요."

다니엘 루즈가 에이전트의 어깨를 두드리며 장난스럽게 물었다.

"술은 공연 끝나고 마시는 게 제일이야. 그렇지?"

　　　　*　　　　*　　　　*

　곧이어 세 사람은 브로드웨이 골목의 한적하고 허름한 술집 겸 레스토랑에 마주 앉았다.

　가장 먼저 입을 연 사람은 다니엘 루즈였다.

　"그나저나 세계적으로 인정받는 신 감독님이 왜 저 같은 변두리 연극배우를 찾아주신 겁니까?"

　스스로를 낮춘 것일 뿐, 그는 이미 소문이 자자한 연기력을 가진 배우였다.

　그 점을 상기한 지호가 빙그레 웃으며 물었다.

　"본론으로 들어가기 전에 한 가지 묻겠습니다. 분명 영화나 드라마 제안이 많이 들어왔을 텐데, 매번 거절하는 이유가 알고 싶습니다."

　"거절한 건 아니었죠."

　다니엘 루즈는 피식 웃으며 정정해 주었다.

　"대부분 쫓겨난 것뿐입니다. 영화나 드라마는 그 상황, 상황에 인위적인 감정을 끌어내야 하죠. 생방송도 아니고, 순서대로 찍는 것도 아니니까요. 완벽히 인물의 삶에 몰입했다는 건 거짓말입니다. 영화나 드라마의 배우들은 그저 한시적인 상황에 몰입했을 뿐이에요. 전 그래서 그 바닥 배우들을 좋아하지 않고, 매번 트러블이 생깁니다. 그리고 감독들은 당연히 그들의 편이고요. 설명이 됐나요?"

지호는 고개를 끄덕였다.

'쫓겨난 이유가 그것뿐만은 아니겠지만.'

굳이 그런 이유가 아니라도 다니엘 루즈 같은 별종을 좋아할 감독은 많지 않았다. 대부분의 배우들은 성격이 나쁘더라도 자신이 잘 보여야 할 상대와 상황에서는 가식적인 연기라도 하기 때문이다.

"무대 연기는 진짜고 방송 연기는 가짜라는 걸로 들리는데, 제 생각은 조금 다릅니다."

지호는 두 눈을 반짝이며 차분한 목소리로 반론을 전개했다.

"전 당신이 그런 엇나간 자존심과 선입견 때문에 타인의 연기를 보려고 들지 않았다고 생각해요. 루즈 씨가 불가능하다고 생각하는 일들을 그들은 해냅니다. 자신이 연기하는 몇 분짜리 장면에도 캐릭터의 삶을 입혀서 에너지를 쏟을 수가 있다는 거죠. 루즈 씨가 2시간 동안 캐릭터의 삶을 연기하듯이 말입니다."

"그들이 더 밀도 높은 함축적 연기를 한단 뜻입니까?"

"글쎄요. 루즈 씨가 그런 연기를 못한다고 단정 짓진 않습니다. 해보려는 마음조차 없을 뿐……."

말끝을 흐린 지호가 대뜸 물었다.

"단지 재미가 없는 것 아닌가요?"

"뭐라고요?"

다니엘 루즈가 되묻자 지호가 말을 이었다.

"실수하면 다시 찍을 수 있는 환경 자체가 스릴이 없고, 관객들과 호흡하는 뜨거운 무대의 공기가 그리운 것 아닙니까?"

"하!"

불현듯 헛바람을 뱉은 다니엘 루즈가 떠들썩한 웃음을 터뜨렸다.

한참을 웃은 그는 표정을 굳히며 진지하게 물었다.

"말이 통하는 감독은 오랜만이군요. 보통 내가 이렇게 말을 하면 성을 내던데. 그래, 재미가 없다면 어떻게 할까요?"

"안 하면 됩니다."

지호는 대수롭지 않게 대답하며 덧붙였다.

"하지만 그래도 진짜 재미는 맛보고 나서 할지 말지 결정을 하는 편이 현명하지 않을까요? 카메라 앞에서 연기를 하고 화면을 통해 자신의 모습을 보는 건 다니엘 루즈 씨가 모르는 숨어 있습니다. 제가 몇 가지 말씀드려도 될지……?"

"그것 참 궁금하군요."

다니엘 루즈가 흥미를 보이자, 살짝 미소를 머금은 지호가 대답을 이어나갔다.

"연극이나 뮤지컬은 배우가 무대 안에서 놀죠. 동료배우들과 호흡이 중요하지만 스태프들과 직접적으로 호흡하진 않습니다. 하지만 스크린에선 스태프들이 루즈 씨를 완성시켜 준다는 겁니다. 스크린은 단순히 연기로 보여줄 수 없는 분위기를 만들어내죠. 관객들은 루즈 씨에게 완벽하게 몰입해, 루즈 씨의 표정과 눈빛 하나까지 집중하게 될 겁니다."

"그럴듯하군요. 또 있나요?"

"무대에선 불가능한 것들을 만들어 낼 수 있죠. 넓고 광활한 자연의 경관을 담을 수 있고, CG로 마법을 부릴 수도 있습니다. CG가 합성된 연기를 보고 루즈 씨는 '가짜'라고 단정 지을 수도 있겠지만, 이런 부분을 '진짜'로 만드는 게 바로 배우의 연기란 점에서… 배우는 현실에 존재하지 않는 특별한 삶을 살아볼 수 있습니다."

"미치겠군! 영화감독이 안 됐으면 협상가가 됐겠어요. 이미 반쯤 넘어갔습니다. 그리고요?"

"스크린으로 남기는 자신의 기록."

지호 입가에 맺힌 미소가 진해졌다.

"다니엘 루즈 씨가 연기하는 모든 인물들은 영생을 얻게 될 겁니다. 루즈 씨는 캐릭터 이름으로 불리기도 할 것이며, 영원히 누군가에게 영감과 공감을 불러일으키는 존재로 남을 겁니다."

청산유수와도 같은 말솜씨에 다니엘 루즈는 엄지를 치켜세웠다.

"확실히 달변이군요."

그는 팔짱을 끼며 말을 이었다.

"하지만 전 말보단 행동을, 과정보단 결과를 믿는 편이라서. 시나리오를 보고 결정을 하죠."

"그야 당연한 말씀입니다."

두 사람이 대화를 나누는 사이 곰곰이 생각에 잠겨 있던 에이전트가 곤란한 표정으로 끼어들었다.

"하지만 다니엘은 지금 드라마를 진행 중에 있습니다."

"쓸데없는 소리! 아직 촬영에 들어간 것도 아니잖아?"

다니엘 루즈가 드라마 따위는 개의치 않는다는 식으로 말하자, 지호는 눈살을 찌푸렸다. 이전까지 보인 적 없는 불쾌한 얼굴이었다.

"곤란한데요. 하나를 보면 열을 안다고 했습니다. 루즈 씨가 이렇게 무책임한 분이라면 제가 실수했다는 생각이 드는데요."

다니엘 루즈는 무언가 반론을 펼치려는 듯 고개를 홱 돌렸으나 지호의 서늘한 시선을 마주치고는 입을 닫았다.

그 모습을 보며 도리어 놀란 건 에이전트였다. 사람 좋은 미소로 일관하며 모든 부분을 포용해 줄 듯 굴던 지호의 분위기가 순식간에 바뀌었기 때문이다. 더 신기한 것은 지금껏 누구 앞이든 눈치 없이 진상을 부리던 다니엘 루즈가 주인한 테 혼난 강아지처럼 기가 죽었다는 사실이었다.

'허. 별일 다 보겠네.'

실상은 조금 달랐다.

다니엘 루즈가 찍소리도 못하는 건 지호의 인상이 험악하 다거나, 상대를 압도하는 분위기를 풍기기 때문이 아니었다. 만약 그랬다면 오히려 반발했을 것이다. 그러나 지호는 시종 일관 다니엘 루즈를 이해하며 부드럽게 대했다. 지금까지 자 신의 첫인상만 보고도 정면으로 기 싸움을 하려고 들던 감독 들과 달리, 자신에게 기대를 주던 지호가 실망하고 돌아서는 것. 그게 다니엘 루즈가 두려워하는 상황이었고, 지금 꼬리를 내린 이유였다.

이내 지호가 입을 열었다.

"우리 영화는 드라마랑 무관합니다. 시나리오를 읽고 연기 를 준비해 오세요. 연기를 보고 나서 루즈 씨를 섭외할 생각 이 든다면 얼마든 드라마 촬영과 스케줄을 조율할 의향이 있 습니다. 스케줄을 조율해 가면서까지 캐스팅을 하고 싶은 마 음이 들지 않는다면, 그건 어차피 루즈 씨와 인연이 아니란 뜻 이겠죠."

"내 승부욕을 자극하는군요."

다니엘 루즈는 두 눈을 빛내며 말을 이었다.

"좋습니다. 오디션을 보고 다시 얘기하는 걸로 하죠."

고개를 끄덕인 지호가 에이전트에게 물었다.

"드라마 촬영 스케줄을 보내주세요. 그래야 오디션 스케줄을 잡을 수 있으니까요."

"다른 배우들도 있을 텐데, 다니엘만 이렇게 신경 써주셔도 되는 건가요?"

"괜찮아요. 주연과 조연은 제가 개인적으로 스카우트를 해서 오디션을 볼 생각입니다. 나중에 시나리오를 보시면 아시겠지만, 주조연 배역만 합쳐도 30개가 넘어서 어차피 일일이 공지를 하고 수백 명을 대상으로 오디션을 진행할 수 없는 상황입니다."

"그렇군요……"

말끝을 흐리며 고개를 끄덕인 에이전트가 대답했다.

"알겠습니다. 그럼 숙소에 돌아가는 대로 다니엘의 스케줄을 보내드리겠습니다. 차후에 조율하시죠. 여기, 제 명함입니다."

지호가 명함을 받자 그가 말을 이었다.

"거기 두 번째 적힌 이메일로 시나리오를 보내주시면 됩니다."

식사를 마치고 호텔로 돌아온 지호는 이메일에 접속해 〈마

법의 노래〉의 시나리오를 발송하고, 다니엘 루즈의 에이전트
가 보내둔 스케줄 표를 확인했다.

'빡빡하군.'

다른 드라마 스케줄이 으레 그렇듯 다니엘 루즈가 출연하
기로 한 드라마 역시 촬영 기간 동안 밤낮을 모두 투자해야
할 살인적인 일정이었다.

촬영 종료일은 앞으로 넉 달 뒤.

'촬영 순서를 바꾼다면 드라마 촬영이 끝난 뒤 합류하는 것
도 가능해.'

드라마 촬영과 병행하는 걸 깨끗이 단념한 지호는 아예 〈마
법의 노래〉 스케줄을 건드리는 쪽을 생각했다.

물론 이 모든 건 오디션이 끝난 후 최종 결정을 내려야 할
문제였다.

생각을 일단락 지은 지호는 다음으로 리나 프라다에게 전
화를 걸었다.

'리나 프라다라면 어떤 역할이든 자신 자체로 만들 능력이
있지.'

연결음 끝에 그녀가 전화를 받았다.

—여보세요. 신 감독님?

"오랜만이에요."

—그동안 소식을 들으면서 지냈는데도 수년 만에 연락하는

것처럼 반갑네요.

"하하, 저도 마찬가지입니다. 요새 뭐하고 지내요?"

―여행이요! 저 여행 좋아하는 거 아시잖아요? 작품을 할 때 빼곤 대부분 여행 다녀요.

"지금은 미국 로스앤젤레스인 것 같은데요?"

―네. 팬 사인회가 있어서 잠시 들렸어요.

"좋네요."

지호는 빙그레 웃으며 말을 이었다.

"저도 사인 하나 받죠."

―좋아요. 어디서 몇 시에 뵐까요?

"리틀 도어 어때요? 저녁 일곱 시."

리틀 도어 레스토랑은 스타들이 자주 찾는 식당으로, 아무래도 주변의 시선이 덜 의식되는 곳이었다. 또한 할리우드에서 가장 로맨틱한 식당으로 선정되기도 했다.

당연히 리나 프라다로서는 마음에 드는 선택이었다.

―좋아요. 그럼 내일 뵈요!

＊　　　　＊　　　　＊

다음 날도 좋은 배우가 나타나 주길 기대하며 오전, 오후 공연을 관람한 지호는 저녁이 되자 별 소득 없이 리틀 도어 레스토랑으로 갔다. 도심에 있는 비밀 정원 같은 느낌의 이곳은 우아하고 화사하게 꾸며진 조경, 환하게 뚫린 오픈 스카이가 인상 깊었다.

'동화에서 나오는 곳 같네.'

이곳이 처음인 지호는 약속 시간보다 20분 먼저 도착해 메뉴를 보며 리나 프라다를 기다렸다. 그사이, 익숙한 얼굴의 배우가 지호에게 다가와 조심스레 말을 걸었다.

"혹시 신지호 감독님 맞으십니까?"

지호가 메뉴판에서 시선을 떼고 고개를 들자 스크린 속에서나 보던 얼굴이 서 있었다.

"에릭 존슨 씨?"

"하하! 맞습니다. 뵙게 돼서 영광입니다! 불편하지 않으시다면 일행분이 오실 때까지 잠시 앉아도……?"

"곧 도착할 시간이긴 한데… 그러시죠."

어차피 리나 프라다와 에릭 존슨은 영화를 함께했던 적이 있기 때문에 어느 정도 친분이 있을 터였다.

한편 활짝 웃은 에릭 존슨이 새 의자를 가져다 앉았다.

"와우! 개인적으로 신 감독님의 팬입니다. 감독님이 연출하신 영화는 하나도 빠짐없이 모두 봤어요. 제가 단골로 찾는 레스토랑에서 뵙게 될 줄은 몰랐네요."

"감사합니다. 저도 에릭 존슨 씨의 팬입니다."

진심이었다. 왜 그를 섭외 물망에 올리지 않았나 싶을 정도로.

'그렇게 치면 브래드 피트(Brad Pitt), 에릭 바나(Eric Bana), 올랜도 블룸(Orlando Bloom)을 떠올리지 않은 것도 이상하지.'

지호는 은연중에 신인 배우들을 고집하는지도 몰랐다. 현재 할리우드를 주름잡는 배우들이 시대의 거장을 만나 무명부터 신인 톱스타가 되었듯이, 자신도 삶의 굴곡을 함께할 동반자를 만나고 싶었다. 그리고 이러한 과정들 속에서 연출자로서의 보람을 하나 더 느낄 수 있었다.

'뭐, 리나 프라다 같은 경우는 예외지만.'

제작비가 많은 만큼 기왕이면 검증된 배우들로 명단을 꾸리려고 하는데 자꾸 신인 쪽으로 눈이 돌아갔다. 지호가 스스로에 대해 이런저런 생각을 하는 사이, 에릭 존슨은 계속해 말을 이었다.

"감독님께서 〈스펙터클 어드밴처〉의 각본을 맡으셨다고 들었습니다. 전 조연인 '선장 짐' 역할로 참여하게 됐는데, 제가 감독님 작품을 몰아보게 된 것도 그 작품을 읽어본 후였죠."

"마음에 드셨다니 다행이네요."

"저도 원작을 기억하는 팬으로 걱정도 많이 했는데, 리메이크해서 기존 스토리를 잇기 보단 재창조를 했다는 느낌이 강했습니다. 원작의 그림자를 완전히 지워냈다는 생각이 들 정도로요."

"이제 곧 개봉인데… 관객들도 그렇게 생각해 줬으면 좋겠네요. 아무래도 원작 자체가 워낙 훌륭한 각본과 연출의 작품이다 보니 어쩔 수 없이 쓰면서도 부담감이 들더군요."

"당연히 그러셨겠지만 걱정하지 않으셔도 될 것 같습니다. 감독님도 실력 있는 분이시니까요. 참, 그리고 이번에는 직접 워너 브라더스의 시리즈물을 맡으셨다고 들었습니다."

진짜 하고 싶은 이야기는 신작 소식에 관한 내용이었을 터였다. 그도 그럴 것이 지호와 함께 영화를 찍은 배우들은 한번도 이미지가 떨어진 적이 없었다. 오히려 좋은 이미지와 함께 전보다 훨씬 왕성한 활동을 보였던 것이다. 이 사실만 봐도 지호가 배우를 빛나게 만드는 연출 스타일을 가졌다는 걸 알 수 있는 대목이었다. 영화를 잘 만드는 감독은 많지만, 배우의 이미지까지 책임지는 감독은 드물었다. 그런 의미에서 지호는 배우들에게 큰 인기를 끄는 감독일 수밖에 없었다.

입이 근질근질해진 에릭 존슨은 마른 침을 꿀꺽 삼키며 이어 물었다.

"혹시 제게 적합한 배역이 있을까요?"

"글쎄요."

지호는 머리를 굴려 에릭 존슨에 관한 정보를 기억해 냈다.

섬광 기억 능력이 이럴 땐 참으로 편리했다. 그의 기억에는 이미 미국영화인협회에 등록된 배우들의 신성이 모두 저장되어 있었던 것이다. 그중에는 관련 기사들도 포함된다.

'연기를 잘한다는 평이 자자해. 딱히 맞는 이미지가 떠오르진 않지만… 오디션 정도는 봐도 될 것 같군.'

개런티가 높았지만 그건 관계없었다.

마침내 결정을 내린 지호가 입을 열었다.

"시놉과 대본을 보내 드릴 테니 직접 잘 맞는다고 생각하는 배역을 정해서 월요일에 워너 브라더스 본사로 오세요. 여긴 제 명함입니다. 문자로 메일 주시면 대본 보내 드릴게요."

냉큼 명함을 받은 에릭 존슨은 고개를 숙였다.

"감사합니다! 하하하! 정말 전 하늘이 내린 행운아인 것 같네요. 이런 곳에서 신 감독님을 만나서 비공개 오디션까지 따내다니!"

그때 어디선가 익숙한 목소리가 들려왔다.

"그건 그래요. 에릭. 당신은 늘 행운이 따르죠."

에릭 존슨이 고개를 홱 돌렸고, 지호도 시선을 들어 그녀를 보았다.

목소리의 주인은 바로 리나 프라다였다. 그녀는 자연스럽게 지호 맞은편 자리에 앉으며 입을 열었다.

"정시에 맞춘다고 맞춰서 왔는데, 오래 기다리셨어요?"

"아녜요. 저도 금방 왔습니다."

대답한 지호가 에릭 존슨을 일별하며 덧붙였다.

"여기 에릭 존슨 씨가 말동무를 해주기도 했고요."

"단순히 말동무를 해준 것 치곤 엄청난 보답을 받은 것 같은데요?"

씨익 웃은 리나 프라다가 에릭 존슨을 향해 말했다.

"이번에도 같이 촬영하게 됐으면 좋겠네요."

"제 생각도 같습니다. 리나 프라다 씨는 출연이 결정된 건가요? 하긴, 신 감독님과 인연이 깊으니⋯⋯."

"아뇨."

그녀는 고개를 저었다.

"아직까진 아무 얘기 나눈 것 없어요. 저야 감독님이 불러주신다면 감사히 출연하겠지만 공정한 아마 오디션을 제안하시겠죠?"

"예언가로 전향하셔도 되겠네요."

맞장구를 친 지호가 에릭 존슨에게 양해를 구했다.

"그럼 월요일에 뵙기로 하고, 자리를 비켜주실 수 있을까요?"

"아! 당연하죠!"

에릭 존슨은 화들짝 놀라며 선뜻 다른 곳으로 갔다. 조금 떨어진 곳에는 그의 일행들이 여럿 앉아 있었다. 자리로 돌아간 에릭 존슨은 아마 지호를 만난 이야기를 영웅담처럼 떠들고 있으리라.

리나 프라다에게 시선을 돌린 지호가 말을 이었다.

"예상하신 것처럼 섭외 관련된 이야기를 하려 합니다. 비공개 오디션이 준비되어 있으니, 시나리오부터 검토하시고 참여해 주셨으면 해요."

지루한 대화를 나누는 영화사 대표와 에이전트 사이에 앉아 있는 에릭 존슨은 방금 만난 두 사람을 힐끔힐끔 관찰하고 있었다.

비록 먼발치에서 바라본 것이지만, 감독과 배우 이상으로 친밀해 보이는 지호와 리나 프라다의 관계가 궁금했다. 아무리 성격 좋기로 소문난 리나 프라다라도 여배우이기에 이미지 관리는 필수였고, 저런 소탈한 웃음을 보이는 건 정말 오랜만이었기 때문이다.

'아주 막 망가지네.'

더불어 침이 튈 정도로 무언가 열렬하게 설명하고 있다. 원래 말이 많지 않은 그녀였지만 오늘은 이상하게도 수다쟁이였다.

'설마 신 감독을 이성으로… 아니, 아니지. 괜한 일에 관심 둬서 좋을 것 없지.'

에릭 존슨은 고개를 돌렸지만 자꾸만 시선이 두 사람 쪽으로 돌아가는 것을 막을 수는 없었다.

"…말이 맞지 않습니까, 에릭?"

자신을 부르는 소리에 화들짝 놀란 에릭 존슨이 헛기침을 하며 대답했다.

"크흠… 맞습니다, 리처드 벨."

리처드 벨은 떠오르는 영화사 대표이자 영화계의 큰손이었다. 눈치 빠른 그는 에릭 존슨의 주위를 앗아간 테이블을 보았다.

"리나 프라다군요. 그녀 앞에 있는 사람은 누구죠?"

"아, 신지호 감독입니다."

"신지호 감독?"

되묻던 그가 입을 반쯤 벌리며 말했다.

"아! 그 동양인 감독… 한국인이라고 했나요?"

우아하게 묻는 것 같았지만 비꼬는 어조가 역력했다.

그러자 개인적으로 지호의 팬이기도 한 에릭 존슨은 불쾌한 기분이 들었다.

"그러니까 이름이 신지호겠죠."

퉁명스럽게 대답한 그가 덧붙였다.

"메이저급 배급사들이 너도나도 탐내는 감독인데, 영화사를 이끄시는 분 소식통이 너무 늦은 것 아닙니까?"

"글쎄요."

리처드 벨이 피식 웃었다.

"전 할리우드에서 동양 감독의 수명을 그리 길게 보지 않습니다. 방금 말씀하신 영화사들이야 지금 당장 신 감독이 돈이 되고 투자가치가 있으니 움직이는 것뿐이지요."

"오우삼(Wu Yusen) 감독은요?"

"그분이 할리우드에 진출하는 데에만 20년이 걸렸습니다. 1984년까지 오랜 기간 슬럼프를 겪었고, 86년에 〈영웅본색〉으로 성공하며 92년까지 자국에서 최고의 영화감독으로 자리매김했어요. 그다음 할리우드에 진출해 성과를 냈죠. 과연 이제 신출내기인 신지호 감독에게 그만큼의 뚝심과 저력이 있다고 보십니까?"

리처드 벨이 오우삼 감독에 대해 자세하게 치고 들어오자 에릭 존슨은 할 말을 잃었다. 그는 연기를 하는 배우였지, 영화감독에 관한 지식으로 철저히 무장한 영화사 대표가 아니었기 때문이다.

그에 리처드 벨이 말을 이었다.

"메이저 영화사들도 바보가 아닌 이상 신 감독에게 운명을 건 프로젝트를 맡기지 않습니다. 실제로도 투자 지원을 폭넓게 해주고, 좋은 각본을 뽑아내는 정도였습니다. 파라마운트와 20세기 폭스의 행보만 봐도 그렇죠. 그런데 워너 브라더스가 큰 실수를 했어요. 운명이 걸린 시리즈물의 총괄 프로듀서를 맡긴 겁니다."

그는 지호와 파라마운트, 20세기 폭스의 속사정을 몰랐기에 결과만 보고 판단하고 있었다.

당시 메이저 배급사들이 제안한 파격적인 조건들을 지호가 유태일 감독의 〈3.8〉을 공동 연출하기 위해 거절했으리라고는 감히 상상조차 못했던 것이다.

반면 에릭 존슨도 이 부분에 대한 정보가 없기는 마찬가지였다. 그렇기에 그는 리처드 벨의 말에 무어라 반론을 하지 못하고 두 눈만 끔뻑일 뿐이었다.

"그럼 이번 프로젝트가 실패할 거라는 말씀이십니까?"

"물론입니다."

리처드 벨은 서슴없이 대답했다.

"감당하지 못할 거예요. 신 감독 개인의 능력은 차치하더라도, 그는 아직 이 바닥에서 그만큼의 프로젝트를 수행할 인맥과 카리스마를 가지지 못했습니다. 그리고 이런 대형 프로젝트가 실패로 돌아갈 경우 그 감독은 보통 시장에서 사장되게 마련이죠. 아무도 일거리를 맡기지 않게 될 테고, 본인도 트라우마에 시달릴 것입니다."

에릭 존슨은 그의 의견을 딱 절반만 수렴했다. 오랜 배우 생활을 통해 깨달은 점은 이 바닥에선 절대적인 기준이 없다는 사실이었다.

어제 망할 줄 알았던 사람이 오늘의 스타가 되어 있고, 어제의 스타가 오늘 나락으로 떨어지는 일이 심심찮게 벌어지는 냉혹한 세계. 그곳이 영화계고, 연예계인 것이다.

'확실한 건 리처드 벨과 같은 생각을 가진 사람들도 반 이상 존재한다는 거야. 대개의 미국인들은 타국 사람들에게 친절하지만, 일과 관련된다면 달라지지. 미국 영화계가 바라보는 동양은 영화 산업의 신천지이자, 자신의 영역을 위협하는 계륵과 같아. 이런 상황에서 신 감독이 어떤 모양으로 살아남을 것인지 기대되네.'

그는 자신의 눈을 믿기로 했다. 의지할 곳 하나 없는 냉혹한 정글에선 결국 자신을 믿는 게 가장 정확했다. 지금까지 그래왔고, 앞으로도 그럴 터였다.

'신지호 감독의 미래에 대해선 시나리오가 대답해 주겠지.'

샴페인을 단숨에 들이켠 에릭 존슨은 테이블에 잔을 내려놓으며 웨이트리스에게 검지를 쭉 펴보였다.

"한 잔 더 주세요!"

＊　　　＊　　　＊

조금 과음을 한 채 집으로 돌아온 에릭 존슨은 메일을 확인했다.

벌써 시나리오가 들어와 있었다. 시간을 보니, 자신과 대화를 나눈 뒤 휴대폰을 통해 바로 전송한 모양이다.

"일하는 방식 하난 마음에 드는군."

대부분의 감독은 출연을 희망하는 배우를 전전긍긍 기다리게 하며 길들이는 경우가 잦았다. 하지만 다행히도, 지호는 그런 부류가 아닌 듯했다.

"배우를 존중하는 감독. 친애하는 감독. 그래, 그게 최고지……."

술기운이 오른 그는 두서없이 중얼거리며 세 개의 파일을 열어보았다. 시놉시스, 시나리오, 그리고…….

"트리트먼트?"

에릭 존슨은 고개를 갸웃했다.

"캐릭터 설명? 요즘은 배우한테 트리트먼트도 보내나?"

궁금한 마음에 트리트먼트를 열어보니 그것은 일반적인 트리트먼트가 아니었다.

스크롤을 내리던 그는 경악했다.

'캐릭터 설명만 30페이지가 넘어?'

캐릭터 설명을 읽어본 에릭 존슨은 소름이 돋아 술이 확 깼다. 일반적인 캐릭터 설명이 아니었다. 배우의 자유도를 해치지 않으면서 인물 분석을 돕기 위한 완벽한 가이드라인이었다.

'사건 위주야. 인물이 살면서 겪은 사건이나, 인격 형성에 영향을 미친 부분들을 다루고 있어.'

배우들의 해석이 엇나가지 않도록 도와준다.

이렇게 되면 배우들이 해당 캐릭터를 자유롭게 연기를 하면서도, 중심에서 엇나가지 않도록 가닥을 잡을 수가 있다.

더불어 다른 배우들과 감정선이 맞지 않아 헤매거나 서로의 자유도를 침해하며 조율할 일이 없다.

"뭐 이런 양반이 다 있어?"

에릭 존슨은 트리트먼트만 보고도 그 뒤에 숨은 괴물을 보는 기분이 들었다. 지금 심장이 미친 듯이 두근거리는 것만 봐도 알 수 있었다.

'신출내기인 신지호 감독에게 오우삼 감독과 같은 뚝심과 저력이 있겠냐고?'

리처드 벨의 말을 떠올린 그는 피식피식 웃었다.

"들도 보도 못한 방법으로 완벽을 기하는데?"

이렇게 되면 캐릭터로 영화를 망칠 일은 없다.

원작의 느낌을 완벽히 살릴 수가 있는 것이다.

트리트먼트를 쭉 읽으며 이런저런 생각을 하던 그는 냉장고로 가서 맥주를 가져다 놓고 손을 비볐다.

"개봉 박두."

다음은 시놉시스다.

1편에 해당하는 원작의 내용이 한 장 분량으로 정리되어 있었다. 어떤 느낌으로 촬영이 진행될 것인지 디테일하게 감을 잡을 수 있게 해주는 문장의 향연이었다.

"영화감독이 아니라 소설가를 하셨어도 대성하셨겠어."

실없이 독백한 그는 마침내 시나리오를 열어보았다. 대본이라고도 부르는 그것. 배우가 알아야 할 모든 정답을 품은 배우의 보고(寶庫)다.

"응?"

그런데 조금 이상했다.

무서우리만큼 장황하고 세밀한 트리트먼트나 휘황찬란한 문장력이 돋보이는 시놉시스와 달리 시나리오는 지극히 간단명료했던 것이다.

'이건……'

행동 묘사나 감정 지시가 일절 없었다. 그러는 와중에 센스 있는 대사들이 돋보인다.

대사라는 무기를 쓰는 것은 배우의 몫.

지호는 배우들에게 강력한 무기를 쥐어주고 자유롭게 휘두를 수 있도록 배려한 셈이다.

"솜씨 없는 배우를 썼다간 망할 수도 있는 양날의 칼인데… 그만큼 배우 선택에 자신이 있다는 건가? 하하."

황당한 웃음을 터뜨린 에릭 존슨은 트리트먼트, 시놉시스,

시나리오를 모두 프린트했다. 그는 프린트한 결과물을 마치 보물처럼 정성스럽게 정리한 뒤 책상에 순서대로 올려놨다.

'월요일, 내 목숨을 걸고 합격한다.'

술기운은 말끔히 물러가 있었다.

에릭 존슨은 덩그러니 올려둔 캔 맥주의 내용물을 모두 버리고 맑은 눈으로 대본을 훑었다. 그는 월요일까지 모든 시간과 에너지를 쏟아부을 작정이었다. 그때까진 자신의 공간과 의식에 어떤 틈도 만들지 않을 생각이었다. 신 감독의 〈마법의 노래〉는 충분히 그만한 가치가 있는 작품이었던 것이다.

＊　　　＊　　　＊

그 시각, 리나 프라다 역시 호텔에서 〈마법의 노래〉를 보고 있었다. 그녀는 갈색 머리를 포니테일로 묶고 신비로운 에메랄드 빛 눈동자를 반짝였다.

"역시 날 실망시키지 않아."

지호를 보고 있으면 배우들이 그에게 절대적인 신뢰를 보이는 이유를 알 수 있었다. 멋진 외모나 착한 인성은 둘째 치고, 어떤 영화를 만들던지 잘될 수밖에 없다는 확신을 준다. 한 번 일할 때 완벽에 가까운 공을 들인다.

저도 모르게 배우들의 신뢰에 공감한 리나 프라다는 천천히 스크롤을 내리며 트리트먼트를 읽어 내려갔다. 총명한 두 눈이 빛을 발할 때마다 그녀의 작은 머리가 명석하게 반응했다.

"캐릭터 성격도 딱 내 스타일이잖아?"

리나 프라다가 활짝 웃었다. 굳이 대본을 보지 않아도 상황만 알면 즉시 대사를 뱉어서 대본과 일치시킬 수 있을 것만 같았다. 캐릭터는 그만큼 자신에게 맞는 옷을 입은 것처럼 편안한 느낌을 주었고, 반드시 자신이 연기하고 싶다는 욕심이 타올랐다.

"그럼 어디……."

그녀는 말을 흐리며 대본을 읽었다.

대사는 톡톡 튀며 머릿속으로 들어왔다.

감정은 묵직하게 가슴에 스며들었다.

이런 기분이 들면, 그 캐릭터는 영화의 성패와 관계없이 자신이 해야만 속이 풀린다. 그런 확신과 집념이 없었더라면 지금의 리나 프라다는 없었을 것이다.

"문제는 베드씬인데……."

키스씬에서 이어지는 짧은 베드씬이다. 평소 같으면 망설임 없이 출연을 결정했을 정도로 수위도 낮았다. 노출이라고 해 봤자 상반신, 그것도 뒷모습 정도?

그런데, 이상하게도 망설여진다.

'내가 감독님을 이성으로 생각하나?'

그 생각을 한 순간 지호의 얼굴이 떠올랐다. 그리고 그와 동시에 심장이 반응해 욱신거리는 걸 보면 감정적으론 납득이 되는데, 이성적으로는 선뜻 이해가 가지 않았다.

"내가 왜?"

지호가 외형적으로 멋지고 잘생기긴 했다. 그러나 근육질에 큰 키를 가진 듬직한 남자가 이상형인 자신의 스타일과는 거리가 멀었다.

분명 감독으로서는 존경스러웠다. 젊은 나이에 자신의 일로 인정받았고, 최고의 실력을 가진 남자가 분명했다. 그러나 리나 프라다가 실력 있는 남자에게 매력을 느낀다면 이미 시집을 갔어도 수십 번은 더 갔어야 했다. 유형별로, 직업별로, 자신의 분야에서 정점이 된 남자들이 줄을 섰으니까.

인성? 이건 더 말할 것도 없다. 가장 중요한 덕목이긴 하지만 누구든 리나 프라다 앞에선 천사가 된다. 예수 그리스도가 다시 부활해도 베풀 수 없는 사랑을 줄 것처럼 눈빛을 보내고 행동을 한다. 특히 상대가 섹시한 눈동자를 가진 남배우라면, 정말이지 썩 그럴 듯하다.

"그런데… 참 편안하단 말이야."

리나 프라다는 갑자기 울컥했다.

언제나 자신에게 동경의 시선을 보내는 남자들을 보며 편안한 기분으로 대화를 나눌 수 없었다.

이성을 인식할 만한 나이가 되었다면 누구나, 심지어 유부남들도 은근한 눈빛을 보내왔다. 전혀 아닌 것 같은 사람도 그녀를 간간이 힐끔거리긴 했다. 게다가 여배우로서 그들을 만나는 것이니만큼 당연히 불편하고 외로운 기분도 들었다.

그래서 여행을 즐겼다. 남들은 혼자 하는 여행이 외롭다고 하지만 자신은 오히려 편안했다. 무대나 카메라 앞에서 연기하는 것처럼 편안했다. 평생을 살아온 여배우로서의 삶이 아닌 다른 이들의 삶을 잠깐이나마 엿볼 수 있었기 때문이다.

그런 그녀였는데, 지호 앞에선 어릴 때 엄마와 대화를 나누듯 치기 어린 모습을 보이곤 했다. 별다른 이유가 있는 것도 아니었다. 자신의 진짜 모습이 언뜻언뜻 나오고, 시간은 빠르게 지나가며, 정말 즐겁단 기분이 든다.

멍하니 모니터를 바라보던 리나가 피식 웃으며 말했다.

"아무래도 나, 임자 만난 것 같네."

Chapter 4
전대미문의 배우 오디션II

오디션이 약속된 월요일.

에릭 존슨과 리나 프라다는 워너 브라더스 본사를 찾았다.

〈마법의 노래〉의 총괄 프로듀서인 지호를 비서처럼 곁에서 보좌하는 토비 휴스턴이 그들을 임시 연습실로 안내했다.

"한 시간 정도 이곳에서 연습하신 후 오디션을 보시겠습니다."

"지금 바로 보는 게 아니었습니까?"

에릭 존슨의 질문을 받은 토비 휴스턴이 고개를 끄덕였다.

"감독님은 갑작스러운 사고가 생기는 바람에 조금 늦으시게 되었습니다."

"사고요?"

리나 프라다가 되물었지만 토비 휴스턴은 속 시원한 대답을 해주지 않았다.

"저도 자세한 이유는 모릅니다. 우선 통화로는 크게 다를 것이 없었으니 큰 사고는 아닌 것 같다는 추측만 할 뿐이죠. 공연히 늦으시는 분이 아니니 분명 그만한 이유는 있으실 겁니다."

"그건 잘 알죠."

지호의 성격을 잘 아는 리나 프라다는 쉽게 수긍하며 에릭 존슨을 향해 대신 해명했다.

"분명 무슨 일이 있을 거예요. 이유를 말씀하지 않으셨다면 더더욱."

그에 에릭 존슨이 어깨를 으쓱이며 답했다.

"저도 그렇게 생각합니다. 그렇게 꼼꼼하신 분이 공연히 약속에 늦으실 리 만무하니까요."

두 사람을 번갈아 보던 토비 휴스턴이 고개를 살짝 숙이며 말했다.

"양해해 주셔서 감사합니다. 그럼 전 연습에 방해가 되지 않도록 이만 가보겠습니다."

곧이어 그는 연습실을 나갔다.

촬영장에서만 봤을 뿐 에릭 존슨과 리나 프라다는 단둘이 함께 있었던 적이 없었기에 둘 사이로 낯선 공기가 감돌았다.

그러나 리나 프라다가 대본을 꺼내 들어 먼저 연기를 시작하자, 어색한 분위기가 훈훈하게 달아올랐다.

"정말인가요? 전설 속에서나 언급되던 그들이… 폭풍과도 같은 힘을 지닌 채 나타났나요?"

에릭 존슨 역시 금세 몰입하며 진지한 표정으로 대답했다.

"그렇소. 그들이 쓰는 힘은 방패로도 막을 수 없다오. 날카로운 무기로도 맞설 수 없는 강력한 힘이오. 인간의 한계를 초월한……."

*   *   *

그로부터 두 시간 전.

'아직도 꿈속인가?'

아침에 눈을 뜬 지호는 눈을 떴음에도 아무것도 보이지 않자 눈을 질끈 감았다.

아무리 꿈이라도 덜컥 겁이 났다.

시력을 잃다니? 그가 상상할 수 있는 가장 끔찍한 일이 꿈으로 일어난 것이다.

'빨리 깨고 싶어.'

다시 잠들면 현실에서 깨어날 수 있겠지.

눈을 감고 얼마간의 시간이 흐른 후 지호가 다시금 눈을 떴다.

'꿈이 아니야?'

공포심을 넘어 전신에 소름이 돋은 지호는 주위를 더듬으며 일어나 스탠드 불을 켰다. 그제야 흐릿하게 사물의 윤곽들이 보이기 시작했다.

"허억… 헉, 헉……."

그는 숨을 몰아쉬며 냉장고로 가서 물을 한 컵 들이켰다. 방금 전 증세가 일시적인건지, 무슨 병이 있는 건지, 아직 확실한 건 없었지만 현기증이 날 정도로 당황스러웠다.

'빨리 병원을 가봐야겠어.'

천만다행으로, 그사이 시력은 어느 정도 돌아와 있었기 때문에 시계를 볼 수도 있었다.

오디션까지 남은 시간은 한 시간. 워너 브라더스 본사까진 차가 막혀도 충분한 시간이었지만, 병원에 들려 진료까지 받고 가기에는 애매한 시간이었다.

결국 지호는 토비 휴스턴에게 전화를 걸었다. 그리고 얼마 후, 그가 전화를 받았다.

─예, 감독님.

"휴스턴 씨. 오늘 오디션 일정을 한 시간만 미뤄주세요."

─배우들이 이미 출발했을 시간인데요?

"…대기 시간을 연습으로 대체할 수 있을까요?"

─무슨 일이십니까?

"중요한 일이예요. 자세한 경위는 나중에 말씀드리겠습니다."

지금껏 지호가 하는 일에는 대부분 이유가 있었고, 결과가 실망스러웠던 적도 없었기에 토비 휴스턴은 캐묻지 않고 수긍했다.

─알겠습니다. 배우들에게는 잘 말해두겠습니다. 잘 해결하고 오세요.

"그러죠. 그럼……."

전화를 끊은 지호는 서둘러 옷을 입고 모자를 써서 얼굴을 가린 채 근처 병원을 찾았다. 병원은 환자들로 붐볐지만, 다행히 안과 진료는 금방 이루어졌다.

전문의는 책상 위에 깍지 낀 손을 올려둔 채 물었다.

"어디가 불편해서 오셨죠?"

"오늘 아침에 갑작스럽게 시력장애를 겪었습니다. 전에도 눈이 건조하고 시야가 흐릿했던 적은 여러 번 있었지만 아무것도 보이지 않은 적은 이번이 처음이었습니다."

지호가 모자를 벗으며 말하자, 그를 알아본 의사가 반갑게 물었다.

"이런, 맙소사! 신지호 감독님이시죠?"

"맞습니다만……."

"감독님 영화는 질릴 정도로 돌려봤습니다."

"감사합니다."

지호는 성의껏 대답했지만 그런 잡담을 나눌 기분이 아니었다. 표정에서 그러한 심리를 읽은 전문의는 헛기침을 하며 말을 돌렸다.

"크흠! 너무 걱정 마십시오. 일시적으로 있을 수 있는 일이니… 일단은 동공을 약물로 확대해서 안저검사(Funduscopy)를 해보는 게 좋을 것 같습니다. 검사를 하면 눈부심이 있을 수 있고 근거리 작업에 어려움을 겪을 수 있으며, 당일 운전은 피하는 것이 좋습니다. 동의하시나요?"

"네, 알겠습니다."

이내 안약을 점안하고 20분 정도 다른 환자의 진료를 보며 동공이 확대되길 기다린 전문의는, 때가 되자 지호를 다시 불러 도상검안경을 머리에 쓰고 손에는 렌즈를 든 채 동공에 밝은 빛을 조사하며 안쪽을 살폈다.

잠시 뒤 그의 표정이 딱딱하게 굳어졌다.

'망막 혈관 폐쇄(Occlusion of retinal vessels)……?'

사실이라면, 예후를 관찰해야 했다. 최악의 경우 시력을 잃을 수 있는 위험한 병이었기 때문이다. 오죽하면 망막 혈관 폐쇄는 눈의 중풍이라고 부르기도 한다.

그런데 하필 혈관 폐쇄가 일어난 부위가 좋지 않았다.

"좌우 모두 망막 혈관 폐쇄 같습니다."

"그게 뭐죠?"

"말 그대로 혈관이 막히게 되어 급격히 시력이 저하되는 병입니다. 가장 많이 발생하는 원인으로는 크게 고혈압이나 당뇨 등이 있지만……."

지호는 건장한 체격의 젊은이다.

그를 훑은 전문의가 말을 이었다.

"그건 아닌 것 같군요. 일단은 폐쇄된 부위에 따라 예후가 시력 저하의 정도가 결정되는데, 솔직히 말씀드리면 감독님의 경우 폐쇄 부위가 상당히 안 좋습니다. 지금 안압을 낮춘다고 해도 망막 동맥이 폐쇄되었기에 시력 회복은 어려운 상황입니다. 한쪽은 중심 동맥이 폐쇄되어 이미 실명에 가깝고, 나머지 한쪽은 모양체망막 동맥 폐쇄로 실명 위험이 있습니다."

너무도 충격적인 진단에 지호는 할 말을 잃었다. 한참 만에 입 밖으로 나온 질문은 무기력하기 짝이 없었다.

"누, 눈을… 혹사시켜서 그런 겁니까?"

"아뇨. 혈관 질환이기 때문에 별개의 문제입니다. 물론 눈의 혹사로 인해 안구에 문제가 생겼다면 발병 확률이 높아졌겠지만요."

잠시 침묵하던 전문의가 어렵사리 말을 이었다.

"평소 운동을 많이 하고 건강한 청년이 갑작스레 뇌졸중으로 쓰러지는 경우도 있습니다. 감독님의 경우 역시 비슷하다고 보시면 됩니다. 하지만 반대로 긍정적인 마음으로 치료를 잘 받다 보면 이겨내기 어려운 질병도 극복하는 사람들이 많습니다. 감독님 역시 마음가짐과 앞으로의 대처가 중요합니다."

"일단은 알겠습니다."

지호는 더 듣기 싫은 듯 화제를 자르며 말을 돌렸다.

"시력을 완전히 잃을 수 있다고 하셨는데, 앞으로 제가 어떻게 예방을 해야 합니까?"

"일단은 혈전으로 인해 눈이 아닌 다른 분위에도 문제가 생길 수 있으니 전신 검사를 한번 해보시고, 혈전 순환제를 사용해 치료를 해보도록 하죠."

"알겠습니다."

멍하니 전문의의 손을 응시하던 지호가 잠시 후 덧붙였다.

"내일 다시 내원하도록 하죠. 그리고 이 일은 제가 밝히기 전까지 비밀로 해주십시오. 저 역시 당분간 아무에게도 이 부분에 대해 언급하지 않을 생각입니다."

쉽게 말해, 이 사실이 새어나가면 네 소행으로 알겠다는 의미였다. 이렇게 반협박을 해서라도 반드시 약속을 받아야만 했다. 그가 실명할 수 있다는 사실이 알려지면 수많은 경쟁 영화사에서 기자들을 풀 테고, 공론화되는 건 시간문제였기 때문이다.

전문의 역시 지호의 그 심정을 모를 리 없었다.

"물론입니다. 환자의 정보를 동의 없이 누설하지 않는 건 의사의 본분이니까요. 안심하셔도 됩니다."

확고한 대답을 들은 지호는 깊이 고개를 숙였다.

"감사합니다. 그럼… 내일 다시 뵙겠습니다. 오늘은 제가 너무 놀라고 경황이 없어 예의를 차리지 못했습니다. 이해해 주십시오."

"다들 그럽니다."

전문의가 말을 이었다.

"받아들이기 쉬운 일은 아니니까요. 특히 감독님 같은 직업을 가진 분이라면 더더욱 그렇겠지요."

"……"

지호는 아무 말도 못한 채 병원을 나섰다. 그는 할 수 없이 차량을 병원에 주차하고, 대중교통을 이용해 워너 브라더스로 출근했다.

불과 어제까지만 해도 즐거운 마음으로 내딛던 발걸음이 오늘은 한 발, 한 발 내딛는 것이 지옥 같았다.

'내게 왜 이런 일이……'

머리가 뒤죽박죽이다.

세상사가 참으로 얄궂게 느껴졌다. 아니, 어쩌면 남들과 다른 능력을 얻어 승승장구하며 살아온 것에 대한 대가인지도 몰랐다. 그는 먼 미래도 걱정됐지만, 코앞에 닥친 프로젝트가 더욱 신경 쓰였다.

'앞으로 영화를 만들 수 없게 된다면 내 삶의 의미를 잃겠지. 하지만 총괄 프로듀서인 내가 〈마법의 노래〉에서 하차하게 된다면… 이 영화는 사장될 가능성이 크다.'

이미 자신밖에 만들 수 없는 영화가 되었다. 처음부터 자신만의 방식으로 기획했고, 그만큼의 디테일이 들어간 이상 다른 사람이 메가폰을 잡는다면 감당하지 못할 게 뻔했던 것이다.

'젠장.'

그때, 토비 휴스턴이 다가왔다.

"완전히 넋이 나간 사람 같군요. 무슨 일이 있었던 겁니까?"

무척 걱정되는 표정이다.

자신과 운명 공동체를 표방하는 그가 만약 신지호 호의 침몰 소식을 듣는다면? 지금 도저히 피할 수 없는 빙산을 맞닥뜨렸다는 걸 알게 된다면 어떤 표정을 지을까?

그러나 지호는 자신도 받아들일 준비가 안 된 마당에 차마 입 밖으로 그 사실을 꺼낼 수 없었다.

"아닙니다. 배우들은 모두 준비 됐나요?"

"한 시간 전부터 됐겠지만, 지금은 더 완벽할 겁니다."

대답한 토비 휴스턴은 강한 의문이 들었다.

'얼마나 엄청난 일이면 할리우드 대형 배급사를 쥐락펴락 했던 신 감독이 식은땀을 흘리지?'

반면 지호는 이야기해 줄 생각이 없는 듯 걸음을 재촉하며 지시했다.

"십 분 후에 들여보내 주세요."

그는 사무실로 들어가자마자 방문을 굳게 닫았다.

유리창에 달린 블라인드마저 모두 내린 지호는 의자에 주저 앉아 호흡을 가다듬었다.

"후……."

이를 어쩐다?

누구에게도 하소연을 할 수도 없었다.

무슨 문제든 둘 이상이 알면 언제든 새어나가는 법이니까.

'아직 확실해진 건 아니잖아. 티내지 말자. 그리고 스스로 리마인드해야 돼. 내가 심리적으로 불안해지면 이번 영화의 모든 부분이 도미노처럼 쓰러지고 만다.'

그렇게 되면 〈마법의 노래〉는 모래성이 될 것이다.

이런저런 생각을 하고 있는데, 노크 소리가 들려왔다.

지호는 심호흡을 해서 마음을 가라앉히며 입을 열었다.

"들어오세요."

문이 열리고 에릭 존슨과 리나 프라다가 입장했다.

그때, 주위를 둘러본 에릭 존스가 불쑥 물었다.

"제가 듣기론 촬영을 위해 워너 브라더스에서 만들어둔 세트장에서 진행된다고 들었는데… 여기서 오디션을 진행하나요?"

지호는 아차 싶었다.

장소가 어디였는지도 잊고 있었던 것이다.

'내 정신 좀 봐.'

토비 휴스턴은 자신이 배우들에게 따로 할 말이 있어서 사무실로 부른 거라고 여길 터. 이미 들어온 배우들을 도로 데리고 나가기도 애매한 상황이었다. 하지만 어리바리한 모습을 보일지 말지 문제보다 더욱 중요한 건 오디션의 완성도.

"존슨 씨의 말씀이 맞습니다. 세트장으로 가시죠."

지호는 자연스럽게 자리에서 일어나 두 배우와 세트장으로 향했다. 배우들은 고개를 갸웃했지만 그뿐, 평소와 다른 점을 눈치채지 못한 채 따라갔다.

세트장에는 한참 전에 준비를 마친 스태프들이 퍼져서 쉬고 있었다. 지호는 길고 지루한 기다림의 시간을 보냈을 그들에게 사과를 했다.

"저 때문에 촬영이 지연돼서 죄송합니다."

뒤에 서 있던 에릭 존슨은 두 눈을 반짝였다.

'사소한 실수를 인정하는 감독은 드문데.'

지호는 어물쩍 지나치지 않고 정확하게 인정했다.

더불어 스태프들도 벌떡 일어나 그에게 인사를 건네며 존중을 보였다.

"아닙니다, 감독님."

"그 덕분에 서로 친해졌어요. 시너지를 보여 드릴게요."

휴 브리저와 지혜가 대답했다.

그들이 각자 위치로 움직이자 지호가 배우들을 보며 입을 열었다.

"지금부터 볼 오디션은 단순한 오디션이 아닙니다. A, B, C 카메라에 조명까지 달고 세트에서 촬영할 겁니다. 두 분도 실전처럼 임해주세요."

"알겠습니다."

에릭 존슨은 긴장한 기색이 역력했지만 리나 프라다는 긴장감을 즐기는 어조로 말했다.

"물론이죠, 자유롭게 움직여도 상관없나요?"

동선을 정해주지 않겠냐는 의미였다. 그러나 스태프들은 이미 A, B, C 카메라의 구도를 활용해 사각을 최대한 없앤 상태였다. 모니터를 힐끔 본 지호가 고개를 끄덕였다.

"세트 밖으로 나가지만 않으면 관계없습니다. A, B, C 카메라 외에도 제가 카메라를 들고 따라붙을 테니까요."

그 말을 들은 에릭 존슨이 의문점을 던졌다.

"그럼 감독님도 카메라에 걸리지 않을까요?"

"나중에 편집으로 자르면 그만입니다."

"그건 그렇지만… 배우들의 연기가 잘 나온 상황에 걸리면 어떡하죠? 배우 연기에 집중하랴, 촬영에 집중하랴, 주변 카메라 세 대까지 신경 쓰는 게 가능할 리가 없잖아요? 하하하……."

질문을 던진 에릭 존슨의 황당한 웃음소리가 점점 잦아들었다. 그를 일별한 스태프들과 리나 프라다는 피식 웃으며 각자 할 일에 집중했다. 그들의 표정은 한결같이 지호라면 가능하다고 말하고 있었다.

'이 사람들, 진심이야? 그런 카메라 워킹은 본 적 없어.'

아무도 설명을 해주는 사람은 없었다. 아니, 어쩌면 자신이 스태프들과 리나 프라다의 반응을 확대해석한 걸지도.

결국 그는 지호에게 대놓고 물었다.

"설마, 사각도 거의 없는 카메라 세 대를 피해서 롱 테이크로 카메라 워킹을 하는 게 가능하다는 건 아니겠죠?"

"실패하면 다시 촬영하면 되죠. 적어도 절정의 연기를 방해하는 일은 없도록 하겠습니다. 안심하고 연기에 집중해 주세요."

지호는 자신이 쓸 카메라를 점검하며 대수롭지 않게 대답했다.

　에릭 존슨으로서는 어딘가 조금 찜찜한 답변이었다. 지호 말대로 촬영이야 NG가 날 경우 같은 구도에서 다시 찍으면 그만이지만, 연기는 그렇게 간단한 것이 아니었다. 배우 입장에선 같은 연기를 몇 번 반복하더라도 만족할 만한 컷을 내는 것이 힘든 법이었다. 에릭 존슨은 그 귀중한 순간을 카메라 NG로 날리고 싶지 않았다.

　지호가 카메라를 들고 세트 쪽으로 사라지자, 에릭 존슨은 대본을 훑고 있는 리나 프라다에게 고개를 돌리며 속삭여 물었다.

　"신 감독님, 원래 이런 스타일이세요? 모험적인 시도를 막 해보는 스타일?"

　비평가들이 극찬하는 완벽주의 성향의 감독들 중에는 그런 스타일의 촬영을 고집하는 이들이 여럿 있었다. 자신이 원하는 컷을 얻을 때까지 배우에게 같은 연기를 수십, 수백 번 주문하며 이런저런 방식으로 찍어보는 감독들. 이름 있는 감독들일 경우에는 배우 쪽에서 반항하지도 못한다.

　대본에서 눈을 떼고 고개를 든 리나 프라다가 미소를 머금은 채 어깨를 으쓱였다.

　"제가 듣기로는 NG 없는 감독님으로 유명하던데요. 같이 작업해 보지 않은 배우는 있어도, 한 번만 작업한 배우는 없다더라고요. 그만큼 캐스팅에서 신중하기 때문에 촬영 때 배우를 충분히 배려해 주시는 게 아닐까요?"

바꿔 말해 본격적인 촬영 땐 최고인데, 오디션은 잘 모르겠다는 뜻이다. 그 말은 곧 오디션이라는 산만 넘으면 천국에서 일할 수 있다는 말과도 같았다.

"후… 보면 볼수록 알 수 없는 감독님이네요. 꼭 같이해 보고 싶어요."

"같이 호흡을 맞추게 됐으면 좋겠네요. 저도 이번 오디션에 사활을 걸 생각이에요."

리나 프라다는 친절을 잃지 않고 대답한 뒤 다시 대본으로 시선을 돌렸다.

'최선을 다할 거야.'

비록 밖으로 보이진 않았지만, 그녀의 가슴 속에선 누구보다 뜨거운 열정이 불타오르고 있었다.

*　　　　*　　　　*

한편 지호는 미리 세트에 들어가 동선을 체크했다. 에릭 존슨이 걱정하는 것처럼 세트 안에서 A, B, C 카메라를 피해 움직이는 건 불가능했다. 그가 NG를 내지 않으려면 카메라 세

대의 구도를 완벽히 파악한 상태에서 배우의 연기가 가장 돋보일 만한 구도를 피해 근접 촬영을 하는 방법뿐이었다.

배우를 화면에 예쁘게 담기도 바쁜데, 그들을 포위하고 있는 카메라 구도까지 연상하며 움직여야 한다고?

'이게 말이나 되는 일인가?'

자문한 지호가 피식 웃었다.

'하긴… 언젠 말이 되는 일만 했었나.'

그는 자신밖에 할 수 없는 촬영들을 해왔다. 현재는 물론이고 미래에도 그런 장면을 만들 수 있는 사람은 드물거나 아예 존재하지 않을 것이다.

지호는 자기 자신이 각 장면을 세공하는 한 명의 조각사라고 생각했다.

'연출의 도구는 카메라가 아닌 배우의 연기다.'

지호는 동선 체크를 멈추고 두 눈을 감은 채 배우들의 움직임을 머릿속에 떠올렸다.

그들과 같이 호흡해야 했다.

〈3.8〉 촬영 당시 레일을 타고 내려가며 굴러떨어지는 이도원을 촬영했을 때처럼.

배우의 연기에 포커스를 둬야 했다.

'배우의 감정에 따라 동선이 바뀐다. 동선에 따라 감정이 바뀌기도 하지. 그들이 물길을 따라 움직이는 활어라면, 카메라

는 배우가 마음껏 노닐 수 있는 강물이 되어야 한다.'

눈을 뜨고 자리에서 일어난 지호가 주위를 돌아봤다. 모든 스태프들이 준비를 마친 채 촬영 지시가 떨어지길 기다리고 있었다.

"촬영 시작하겠습니다."

마침내 지호가 나지막이 말하자, 스태프들이 따라 외쳤다.

"촬영 시작하겠습니다!"

"촬영 시작입니다! 배우들 위치해 주세요!"

*   *   *

에릭 존슨과 리나 프라다가 세트에 자리 잡았다.

절대, 오디션 분위기와는 거리가 멀다.

'실제 현장보다 더 긴장되는군.'

에릭 존슨은 은근히 떨리는 다리를 주먹으로 두드리며 심호흡을 했다. 자신을 향하고 있는 날카로운 시선들을 잊으려 애썼다. 지금껏 수많은 촬영을 경험했던 그조차 긴장해서 소변이 마려울 지경이었다.

'오늘따라 왜 이래?'

속으로 자문했지만, 실은 이 긴장감의 원인을 알고 있었다. 〈마법의 노래〉에 관한 파일을 받고 생긴 작품에 대한 열망과 자신도 모르는 사이 생겨난 지호에 대한 동경과도 비슷한 감정, 그리고 세트장을 가득 채운 밀도 높은 공기가 그 이유였다.

"후……."

날숨을 길게 뱉는 그에게 리나 프라다가 말을 걸었다.

"촬영장은 잊고 내게 집중해요."

에릭 존슨의 시선을 끌어당긴 그녀가 말을 이었다.

"내가 TV쇼에서 당신이 말하던 이상형과 달리 흑발에 갈색 눈이 아니라서 성에 안 차는 건 알겠지만, 어쨌든 지금은 서로 사랑하는 사람이잖아요? 더 정확히 말하면 내가 당신을 조금 더 좋아하죠. 그런데 그렇게 잔뜩 굳어선 절대 제 마음을 흔들 수 없다고요."

"하하하."

에릭 존슨은 그만 웃음을 터뜨렸다.

"리나 프라다가 이상형이 아닐 순 있겠지만, 리나 프라다를 직접 보고도 호감을 가지지 않을 남잔 없을 겁니다."

"그것 참 위안이 되네요."

대꾸한 리나 프라다가 말을 이었다.

"그래서 제가 남자 친구를 사귀지 않는 거예요. 저를 보고 호감을 갖는 가장 큰 이유는 가질 수 없다는 생각 때문일 테니까요. 완벽하다는 믿음이 깨질 일이 없죠."

"하긴, 여배우란 이상향이죠. 동경의 대상이자 이상형으로 남을 때 가장 아름다운 존재들."

"기대치가 높을수록 실망할 확률이 크죠. 여배우가 이미지를 만드는 직업이고, 수십 년 동안 지금의 이미지를 만들어 왔다는 걸 감안했을 때, 제 본모습을 알면 사람들은 한없이 실망만 할 거예요."

짧은 대화였지만 에릭 존슨은 꽤 긴장이 풀렸다. 그 점을 깨달은 그가 인사를 건넸다.

"고맙습니다. 긴장을 풀어줘서."

"피차일반이네요."

혀를 쏙 내미는 리나 프라다를 보며, 에릭 존슨은 정말로 사랑에 빠질 것만 같았다. 예쁘고 착한 데다 자신에게 친절을 베푼다면 누군들 혹하지 않겠는가.

'남자들이란.'

스스로의 모습에 고개를 저은 에릭 존슨은 연기에 집중했다.

한편 리나 프라다는 곁눈질로 지호를 훔쳐보았다.

'왜 내 일이 부끄럽지?'

평생 그런 생각을 해본 적이 없던 그녀다. 그런데 연기를 시작해야 할 지금 이 순간, 그런 끔찍한 생각에 직면했다.

지금껏 여배우로 살아왔기 때문에 지금까지 지호가 알던

여배우로서의 모습이 아닌, 한 여자의 모습으로 다가갈 자신이 없었던 것이다.

그때, 지호가 입을 열었다.

"카메라 롤."

두 배우를 둘러싸고 있는 A, B, C 카메라를 포함해 그의 카메라에도 불이 들어 왔다.

'아직 준비가 안 됐어……!'

머릿속으로 그런 생각이 스쳤지만, 리나 프라다는 습관처럼 배역에 빠져들었다. 머릿속을 뒤엎은 것처럼 상황에 완전히 물들었다. 대사 역시 생각하는 과정을 거치지 않고 저절로 흘러나왔다.

"이대로 당신이 그들과 맞서도록 둘 수는 없어요."

지호의 카메라가 애절한 리나 프라다의 얼굴을 바짝 클로즈업했다. 눈물이 맺힌 에메랄드 빛깔 눈동자가 아름다웠다.

'보석 같군.'

앵글을 통해 지켜보던 지호는 배우들과 함께 호흡하기 시작했다.

리나 프라다의 애절한 감정선을 따라 카메라를 움직이던 그가 두 배우의 주위를 돌며 에릭 존슨에게 포커스를 맞췄다.

지호도 괴로움을 가슴 깊숙이 묻어둔 채 덤덤한 낯빛을 한 에릭 존슨의 감정을 받아들였다.

감정의 흐름을 맞추자, 카메라가 감정을 전달하기 가장 적합한 구도를 향해 움직였다.

'자연스러워.'

지호는 상황에 몸을 맡기고 있었다.

신기하게도 자석에 끌리듯이 카메라가 배우들의 감정에 끌려간다.

그곳이 바로 최고의 구도다.

'나도, 배우들도, 스태프들도, 촬영 장비나 이 세트마저도 연출의 일부다.'

모든 요소들이 하나 되어 움직이고 있었다.

숙련된 테크닉과 날뛰는 본능을 가진 구성원들이 하모니를 이루어 기적의 순간을 만들고 있는 것이다.

배우들은 연기하는 내내 모니터를 볼 수 없었지만 지호를 믿고 자유롭게 동선을 만들며 몰입했다.

그들과 발맞춰 움직인 지호는 멋진 클로즈업을 만들어냈다.

주위를 둘러싼 A, B, C 카메라 스태프들은 감탄을 금치 못했다.

'중요한 순간에는 귀신같이 알아채서 시야를 열어주고, 불필요한 장면이 나올 때는 앵글을 막아 클로즈업을 딴다.'

대학에서 연출을 공부하고 현장에서 두 발로 뛰었지만 단 한 번도 상상해 본 적 없는 기법이었다.

'어떻게 저런 카메라 워킹이 가능한 거지?'

다른 카메라들의 모니터를 보고 있지 않은 상태에선 불가능한 일이었다. 분명 불가능한 카메라 워킹이었지만 믿을 수밖에 없는 게, 지금 두 눈으로 똑똑히 보고 있기 때문이다.

지호를 쭉 봐왔기에 다른 이들의 놀람보다 정도가 조금 덜하긴 했지만, 지혜 역시 경악하긴 마찬가지였다.

'어느 정도는 카메라 시야를 가리지 않고 센스 있게 촬영할 거라고는 생각했지만 이렇게 완벽히 해낼 줄은 몰랐네.'

그녀가 감탄을 내뱉으며 카메라에서 눈을 떼며 엄지와 검지로 동그라미를 그렸다.

"컷! 오케이에요!"

아니나 다를까, 나머지 B카메라와 C카메라에서도 같은 사인이 떨어졌다.

"완전 깔끔하게 잘 나왔어요!"

"신기의 카메라 워킹 최고였습니다!"

한숨 돌린 지호가 땀을 닦으며 지시를 내렸다.

"조금 더 보고 싶은데… 배우들 연기가 너무 좋아서 이어지는 장면도 한번 가보겠습니다."

그에 지혜가 다가서며 물었다.

"의상이랑 분장도 세팅할까요? 이 정도면 오디션 필름을 영화에 써도 될 것 같은데."

"아뇨, 그럴 수는 없어요."

고개를 저은 지호가 말을 이었다.

"실전 땐 지금보다 무조건 더 잘 나옵니다."

그는 연습에서 잘하고 실전에서 망친다면 프로가 아니라고 생각했다. 그렇게 되면 자신이 아마추어 배우를 뽑은 것이리라.

이런 속마음을 모르는 지혜는 아무리 생각해도 아까운 듯, 미련 섞인 한 마디를 더 던졌다.

"저는 지금 것이 정말 잘 나왔다고 생각하는데… 그렇게 확신하시는 이유는 뭐죠?"

"실전에서는 신중하게 상의를 한 후에 의상과 메이크업을 결정하게 되겠죠. 이번 영화는 아이라인의 채도 하나까지 신경 쓰고 싶습니다."

지호의 말을 들은 지혜는 그제야 고개를 끄덕였다.

"뭐, 감독님께서 그렇다면야… 그럼 다음 장면도 그냥 가실 거죠?"

"네, 바로바로 진행하죠."

세트에서 오디션을 진행하는 건 동선을 익히고 연습을 실전같이 진행하기 위해서였다.

그러나 의상과 메이크업은 엄청나게 오랜 시간이 소요되는 반면, 그걸 감수할 만큼 현장감을 주는 데에 큰 역할을 차지하지 않았기에 그것들은 제외했지만 말이다.

효율을 중시하는 지호의 선택에 따라 스태프들이 분주하게 움직이며 카메라와 조명을 옮겼다. 이어지는 장면은 또 다른 각도에서 찍어야 했기 때문이다.

"배우들, 준비됐나요?"

지호가 묻자 에릭 존슨이 몸을 풀며 답했다.

"물론입니다."

한편 리나 프라다는 조금 망설이던 끝에 고개를 끄덕였다.

"저도요."

"좋습니다… 그럼 다시 촬영 들어가겠습니다, 레디!"

지호가 외치자 스태프들이 조용해졌다.

이내, 카메라를 들어 올린 그가 사인을 보냈다.

"액션!"

*   *   *

이후에도 오디션은 한 시간이 넘게 진행됐다. 배우들도, 스태프들도 좀처럼 NG를 내지 않았다. 그 덕에 무려 다섯 장면을 더 찍을 수 있었다.

이쯤 되자 스태프들은 슬슬 의문을 품기 시작했다.

'어차피 현장 필름으로 쓰지도 않을 건데 왜 이렇게까지 하

는 거지……?'

오디션일 뿐이었다.

아무리 주연배우 오디션이라도 보통 3분 내외로 끝이 난다. 그런데 지호는 마치 현장 촬영인 것처럼 연기를 다섯 컷이나 시킨 것이다.

그 와중에도 지호는 고민이었다.

'뭔가 찜찜해.'

두 배우 모두 연기력은 나무랄 데 없는데, 무언가가 마음에 걸렸다. 그 원인을 찾기 위해 계속 이런저런 연기를 주문하고 있는 것이다.

'단순한 착각인가?'

물론 그럴 수도 있다. 오늘 아침부터 충격적인 소식을 들어서 극도로 민감하고, 저기압인 상태였으니까.

그렇게 생각하자 다섯 번째 연기에 들어갔을 무렵에는 자신이 예민할 뿐이라는 쪽으로 기울었다. 슬슬 포기하려던 그 순간, 지금까지 계속 지켜보면서도 정확히 파악하지 못하고 있던 문제점이 확 눈에 들어왔다.

'리나가 기량 발휘를 제대로 못하고 있어… 말투나 동선은 자연스러운데 눈빛이 흐트러져 있다.'

다른 카메라로 보면 알 수 없는 차이점이다.

그러나 밀착 촬영을 하고 있는 지호는 그 미세한 차이를 다섯 번의 연기로 찾아낼 수 있었다.

"컷, 잠시 중단하겠습니다."

촬영을 멈춘 지호가 두 배우를 향해 말했다.

"존슨 씨는 잠시 쉬시고, 프라다 씨는 저와 잠깐 얘기 나누시죠."

눈치를 살핀 에릭 존슨이 멀찍이 떨어진 곳으로 자리를 피해주었고, 홀로 남은 리나 프라다가 지호에게 물었다.

"무슨 일이에요?"

"제가 프라다 씨를 왜 불렀는지, 스스로도 느끼고 있을 텐데요."

"……"

너한테 관심이 생겨서 그렇다고 어떻게 말을 하겠는가?

리나 프라다가 대답할 말을 잃자, 지호가 재차 입을 열었다.

"얘기하고 싶지 않으면 얘기하지 않으셔도 됩니다. 하지만 리나 프라다 씨는 역할상 계속 클로즈업 화면을 받아야 해요. 단도직입적으로 말해 계속 지금 같으면 〈마법의 노래〉에 함께 할 수 없습니다."

냉정하지만 가장 정확한 판단이기도 했다.

이어서 그가 물었다.

"시간을 좀 드릴까요?"

"네."

리나 프라다는 조금 지쳐보였다.

지호는 그녀의 표정과 말투에서, 그녀가 슬럼프를 겪고 있음을 알 수 있었다.

"에릭 존슨 씨는 이만 가보셔도 좋습니다."

그는 스태프들을 돌아보며 덧붙였다.

"다들 철수 준비해 주세요. 리나 프라다 씨의 오디션은 제가 마무리 짓겠습니다."

"알겠습니다."

유태일이 대답하곤 스태프들과 장비를 정리했다.

한편 에릭 존슨은 개운치 않았다. 자신에게 도움을 주던 리나 프라다가 곤경에 빠졌는데 혼자만 돌아가기 미안했던 것이다.

"괜찮으시다면 저도 남아서 연기하기 편하도록 호흡을 맞춰주고 싶은데, 괜찮을까요?"

앞에서 상대가 대사를 쳐주면 확실히 몰입하기가 편하다. 이를 잘 알고 있는 지호는 고개를 끄덕이며 대답했다.

"그렇게 해주시면 감사하죠, 그녀도 좋아할 거고요."

빙그레 웃은 지호가 두 사람을 남겨둔 채 세트를 나섰다. 그는 스태프들과 함께 짐을 옮기며 아예 밖으로 나갔다.

뒷모습을 바라보던 에릭 존슨이 리나 프라다에게로 다가가 말을 걸었다.

"저랑 한번 맞춰봅시다."

"감사해요, 존슨 씨. 폐를 끼치게 됐네요."

리나 프라다는 존슨이 왜 남았는지 묻지 않았다. 그저 감사 인사를 하곤 주어진 상황에 집중했다.

"그럼 시작할게요."

"네. 준비됐습니다."

이어 두 사람은 대사를 주고받으며 연습하기 시작했다.

밖에서 그들의 목소리를 어렴풋이 듣던 지호는 사내 커피숍에 들러 따뜻한 커피 열 잔을 주문했다. 스태프들과 배우들의 것이었다.

그때 함께 장비를 옮긴 스태프 휴 브리저가 물었다.

"프라다 씨의 연기는 좋지 않았나요?"

몇 번씩이나 재검토를 하는 영문을 모르겠다는 표정.

그러나 지호는 자신의 생각을 전했다.

"평소 그녀의 실력이 안 나옵니다. 슬럼프를 겪는 것 같은데, 더 나빠질 우려도 있는 거죠. 불안 요소를 동반한 채 촬영을 시작할 수는 없습니다. 아무리 연기를 잘하는 배우라도 오디션에서 두 번의 기회를 주지 않는 것도 언제든 발휘할 수 있는 실력을 보기 위해서죠. 전 그녀의 다양한 연기를 여러 번 보면서 컨디션이 점차 올라가는지, 떨어지는지, 아니면 일정한지 판단하고 있는 겁니다."

"아······!"

휴 브리저는 그제야 이해가 가는 얼굴이었다.

곧 주문한 커피가 나오자, 커피를 받으러 가려던 지호가 비틀거렸다.

그는 눈을 질끈 감은 채 그대로 서 있었다.

"괜찮으십니까?"

휴 브리저가 그의 팔을 잡으며 물었다.

지호는 공포에 젖어 휴 브리저의 말에 대답할 수 없는 상태였다.

'안 보여.'

눈을 감기 전, 앞이 안 보였다.

'이렇게 갑자기?'

의사는 앞을 볼 수 있는 시간이 어느 정도까지는 남은 것처럼 말했었는데.

지호가 천천히 눈을 떴다.

"후우, 후우······."

그는 숨을 몰아쉬었다.

앞이 보였다.

걱정스러운 표정의 휴 브레저가 자신을 지켜보는 모습도, 종업원이 테이크 아웃 커피를 여러 잔 나를 수 있는 캐리어를 가리키며 가져가라고 손짓하는 모습도 눈에 시야에 잡혔다.

"괜찮으십니까?"

휴 브래저의 목소리가 들려왔다. 동시에 멈추었던 세상이 다시 돌아가기 시작했다.

"괜찮습니다."

지호는 스스로 몸을 가누며 방금 자신이 겪은 상황을 떠올려 보았다.

'이렇게 갑자기 보였다, 안 보였다 할 수 있는 건가?'

병원에서 워너 브라더스 본사로 오는 길에 자신이 앓고 있는 병명을 검색해 보았지만 지금 자신의 상태처럼 이랬다저랬다 한다는 이야기는 없었다. 지호는 자신이 그 병이 아닐지도 모른다는 희망적인 가능성과, 특이 케이스로 더 나쁜 예후를 보이고 있다는 절망적인 가능성을 염두에 뒀다.

'하루 빨리 병원에 가서 검사를 받아봐야겠어.'

단순히 눈의 문제는 아니라고 했으니 혈압이나 혈관과 관련된 검사들을 받아야 했다.

일단 지호는 여전히 자신을 걱정하고 있는 휴 브리저에게 둘러댔다.

"잠깐 현기증이 났을 뿐이에요. 팀원들에게 공연한 걱정을 끼치고 싶진 않으니 괜한 말씀은 말아주세요."

"알겠습니다. 하긴, 피곤하면 현기증이 나곤 하죠. 휴식이 최고예요."

휴 브리저는 의심하는 기색 없이 대답했다.

세트장으로 돌아온 지호는 그에게 커피 나눠주는 일을 부탁한 뒤 세트로 돌아갔다.

신기에 가까운 카메라 워킹을 할 수 있었던 비밀. 그건 A, B, C 카메라의 위치에서 본 구도를 섬광 기억으로 찍어두었기 때문에 가능한 일이었다.

카메라 워킹을 할 때에도 A, B, C 카메라로 배우의 동선을 봤을 때의 구도들을 떠올렸던 것이다. 섬광 기억으로 기억한 구도들은 모두 사진처럼 선명했다.

이내 지호는 소품으로 준비해 둔 의자에 앉아 자신의 기억 속에 있는 배우들의 연기 장면을 들춰보기 시작했다.

'리나 프라다의 감정선이 흐트러졌던 지점이 어딘지, 공통점이 뭔지 찾아야 돼.'

연달아 섬광 기억을 떠올리는 순간, 갑자기 시야가 암흑으로 덮였다.

동시에 지호는 신음을 뱉었다.

"윽!"

머리의 혈관이 터질 것처럼 조이는 느낌이 들었다.

그 직후 필름이 끊겼다.

쿵!

지호가 의자에 앉은 채로 뒤로 넘어지자, 그 소리를 들은 스태프들과 배우들이 세트 안으로 들어섰다.

"감독님!"

지혜가 식겁하며 달려들어 지호를 흔들었다.

그래도 의식이 없자, 유태일이 구조대에 전화를 걸었다.

"여기 사람이 쓰러졌습니다! 주소는……."

한편 세트 뒤에서 리나 프라다와 대본을 맞춰보던 에릭 존슨은 주위가 소란스러워지자 상황을 보기 위해 얼굴을 빼꼼 내밀었다. 그는 지호가 쓰러진 모습을 보고 화들짝 놀랐다.

"뭐예요? 갑자기 무슨 일입니까?"

"밖에 무슨 일 있어요?"

덩달아 물은 리나 프라다 역시 지호가 갑자기 쓰러졌으리라곤 상상도 못한 채, 자리에서 일어나 세트를 향해 움직였다.

Chapter 5
시련을 극복하는 자세 I

"뭐에요?"

지호가 쓰러진 모습을 보고 화들짝 놀란 리나 프라다가 달려 나갔다.

코밑에 손을 대고 있던 휴 브리저가 말했다.

"기절한 것뿐이에요. 일단 병원으로 옮기는 편이 좋겠어요."

"구급차를 불렀으니 곧 도착할 겁니다."

유태일의 말처럼 머지않아 워너 브라더스 본사 앞으로 구급차가 도착했다.

사내에서 오가던 사람들은 들것에 실려가는 지호를 보며

수군댔다.

"신지호 감독님 아니야?"

"무슨 일이지? 오늘 〈마법의 노래〉 오디션 있는 날인데……."

지호의 귀로도 이런 음성들이 어설프게 들려왔다. 정신을 차린 그가 슬그머니 눈을 떴다. 자신을 싣고 서둘러 움직이는 구급대원들이 보였다.

"저, 깼어요."

곁에서 목소리를 들은 지혜가 고개를 돌리며 반가운 표정을 지었다.

"감독님이 정신을 차렸어요!"

그러나 그녀는 몸을 일으키려는 지호를 막으며 속삭였다.

"일단 병원에 가서 검사라도 받아봐. 네가 흔들리면 팀 전체가 흔들리는 거 알잖아."

'잘 알죠. 검사하고 치료를 받는다고 나아질 병이 아니니 문제지.'

지호는 속으로 대답하면서도 지혜의 의견에 따랐다. 그는 잠자코 누운 채로 지혜에게 부탁했다.

"주위에 사람들을 물려주세요."

고개를 끄덕인 지혜가 주위를 돌아보며 말했다.

"감독님도 깨어나셨으니, 제가 감독님과 동행할게요. 다른 분들은 여기 남아서 정리해 주세요."

스태프들은 순순히 물러났지만, 리나 프라다는 계속 따라 붙었다.

"저도 같이 가고 싶어요."

그 말에 지혜가 지호를 보았다.

지호는 리나 프라다에게 대답했다.

"제가 어린애도 아니고, 정신도 차렸는데 굳이 함께 갈 필요 는……"

말을 이으려던 지호는 리나 프라다, 지혜의 표정이 확고해 보였기에 작게 한숨을 내쉬었다.

"뭐, 알겠어요. 나머지 분들은 여길 부탁합니다."

그는 구급대원들을 보며 말을 이었다.

"저 걸을 수 있어요."

걸음을 멈춘 구급대원들은 들것에서 내리는 지호를 부러운 눈길로 바라봤다.

리나 프라다에게 걱정을 받는 처지라니.

'크으! 영화감독이 좋긴 좋구나.'

'아플 맛나겠네.'

운전수도 리나 프라다를 보고 크게 놀랐다.

"영광입니다."

그는 뒷문을 열어주며 말했다.

지호는 지혜, 리나 프라다와 함께 차에 타며 새삼 자조적으로 웃었다.

'출세했네.'

불과 몇 년 전 자신은 영화 공부를 하는 학생이었는데, 어느새 최고의 스태프, 배우와 함께 작업하며 그들의 걱정을 한 몸에 받고 있다고 생각하니 감회가 새로웠던 것이다.

"출발하겠습니다!"

운전수는 힘차게 문을 닫고 운전석에 올라 차를 출발시켰다. 그리고 이내 그들은 10분 거리에 있는 병원으로 호송됐다.

지호는 의식을 차린 후였기에 응급실이 아닌, 내과에서 대기 수순을 밟은 뒤 진료를 받게 되었다. 지혜와 리나 프라다를 남겨둔 채 진료실에 들어간 그는 아침에 안과 진료를 받은 일을 말했다.

"…해서, 혈압 검사나 혈관 검사를 받아보는 게 좋겠다고 하시더군요."

"그럼 일단 검사를 받아보신 뒤에 이야길 나누는 편이 좋겠습니다."

"예."

지호는 인사를 하고 진료실에서 나왔다. 꽤 긴 시간이 소요될 것 같았기에, 그는 기다리던 두 사람에게 말했다.

"검사를 이것저것 받아봐야 해서 시간이 걸릴 것 같아요.

정신도 돌아왔고 지금 당장 어디 아픈 것도 아니니… 혼자 있어도 될 것 같습니다."

"알겠어요, 그럼 내일 출근해서 봐요."

지혜는 순순히 수긍했지만 리나 프라다는 머뭇거렸다. 그녀는 지호와 함께 있고 싶은 마음이 컸다.

"전 오늘도, 내일도 딱히 스케줄이 없어서. 감독님만 괜찮다면 같이 있고 싶어요."

"그게……."

지호는 머쓱하게 웃으며 한편을 눈짓했다.

그곳에는 카메라를 든 사람들이 잔뜩 몰려 있었지만 뒤따라온 리나 프라다의 경호원들이 그들을 제지하고 있었다.

그 모습을 본 그녀는 결국 입술을 깨물며 마지못해 대답했다.

"알겠어요, 오디션 결과 기다리고 있을게요."

리나 프라다는 지혜와 함께 병원을 떠났다.

신경 쓸 일이 줄어든 지호는 그제야 안심하고 천천히 검사를 받았다. 검사를 받고 진료실에 앉아 있는 지호에게 의사가 말했다.

"결과는 일주일 후쯤 나올 것 같습니다. 증상을 들은 바로는 뇌에 문제가 있는 것 같은데… 아무리 교통사고 후유증이 무섭다 해도, 후유증을 앓기에 10년은 너무 긴 시간입니다."

"그렇죠."

"그렇다고 고혈압이나 당뇨가 있는 것도 아니라서 지금 이렇다 말씀드리긴 어렵습니다. 일단 검사 결과 보시고 이야기 나누시죠. 약 처방도 아직 하지 않는 게 좋겠습니다."

"알겠습니다."

고개를 꾸벅 숙여 보인 지호는 진료실을 나왔다.

병원을 나서자 어느덧 해가 지고 있었다.

그는 자신이 바라보는 풍경의 시야가 바뀌었다는 점을 알 수 있었다. 거리가 멀수록 흐릿하고, 침침하고, 불안정했다.

'이대로는 안 돼… 언제 시력을 잃게 될지 알 수 없다.'

생각만 해도 속이 울렁거릴 만큼 절망적인 현실이었지만, 지호는 그럴수록 현실을 납득하려 애썼다.

'눈이 되어줄 사람이 필요해.'

만약 시력을 잃는다 해도, 어떤 시련이 닥쳐도 이번 작품을 포기할 생각은 없었다. 자신이 해볼 수 있는 바를 모두 해보지도 않은 상태에서 의지를 내려놓는 건 자신의 모습이 아니다.

'내가 끝이라고 인정할 때까지 끝나지 않는다.'

지호는 마음을 다잡으며 걸음을 옮겼다.

*　　　　*　　　　*

불과 어제 지호가 쓰러지는 사건이 있었지만, 워너 브라더스 본사는 변함없이 돌아가고 있었다. 오가는 직원들이 지호에게 한마디씩 안부를 물을 뿐이었다.

"몸은 좀 괜찮으세요?"

"병원에선 뭐라고 하나요?"

지호는 그들의 질문에 둘러대며 자신의 사무실로 들어갔다. 그의 안색은 전날보다 눈에 띄게 밝아져 있었다.

"그럼 준비해 볼까."

중얼거린 지호는 컴퓨터를 켜서 자료들을 모두 꺼냈다. 그리곤 자신이 시력이 잃은 상태에도 업무를 볼 수 있도록 준비하는 작업을 시작했다. 기존에 가지고 있던 문서들은 모조리 녹음하고 점자로 만들었다.

섬광 기억을 이용해 모두 찍어두긴 했지만, 당분간 자제해야겠다는 판단을 내린 것이다.

'내가 시력을 잃은 후에도 촬영을 계속 진행하려면 스태프들의 능력을 정확히 알아야 돼.'

자신이 직접 카메라를 잡을 때와 같이 훌륭한 장면들을 연출하기 위해선 스태프들의 능력을 정확히 파악하고 움직여야만 했다.

그는 토비 휴스턴에게 전화를 걸어 스태프들을 소집하라는 요청을 한 뒤, 잭 가필드와 점심 약속을 잡았다.

"드릴 말씀이 있습니다."

지호는 마음을 굳게 먹고 말했다.

워너 브라더스사가 4,500억 예산을 확정했고, 투자자들의 돈이 그만큼 들어가는 사업이었다. 금전적인 손해를 책임질 능력도 안 되는 자신이 시력 악화를 숨긴 채 진행할 만한 스케일이 아니라는 결론을 내린 것이다.

심상치 않은 말투를 접한 잭 가필드가 잠시 후 대답했다.

─전에 만났던 건너편 레스토랑에서 10분 후에 보시죠.

10분 뒤 레스토랑에서 그를 만난 지호가 어렵사리 본론을 꺼냈다.

"어제 있었던 일은 들으셨죠?"

"물론입니다."

잭 가필드가 계란에 케첩을 뿌리며 말을 이었다.

"그 일 때문에 저를 보자고 했으리라는 예상도 하고 있습니다. 많이 편찮으신 겁니까?"

단도직입적인 질문에 지호가 고개를 끄덕였다.

"치명적입니다, 시력을 잃고 있어요."

충격적인 소식에 잭 가필드가 눈을 휘둥그레 떴다. 할 말을 잃었는지 잠시 입을 뻥긋거리던 그가 되물었다.

"어떻게 그런 일이… 정말 확실한 겁니까?"

"그렇습니다."

쐐기를 박는 대답을 들은 그가 잠시 생각을 정리한 후 다시 입을 열었다.

"유감이군요… 이토록 마음 아픈 소식을 갖고 사업적인 이야길 해야 하는 제 입장을 이해해 주시기 바랍니다."

"사적인 관계였다면 저도 함구했을 겁니다."

지호가 쓴웃음을 지으며 물었다.

"어떻게 하는 것이 좋겠습니까?"

"방안 마련은 좀 더 논의가 필요하긴 하겠지만, 당분간은 우리 둘만의 비밀로 간직하는 편이 나을 것 같습니다. 투자자들이 지금 이 시점에 사실을 알게 되면 현재 돌아가는 상황에 큰 변동이 있을 겁니다. 영화는 제작에 들어가기도 전에 엎어지게 될 테고, 워너 브라더스도 큰 손해를 감수해야 되겠죠. 이번 프로젝트가 고꾸라지면 신 감독님뿐 아니라, 제 자리도 날아가게 됩니다. 이 프로젝트의 담당자인 토비 휴스턴이나 몇몇 팀장들은 말할 것도 없고요."

"…제작에 성공한다면 문제가 생기지 않겠지만, 실패하고 이 사실이 밝혀진다면 그땐 정말 큰 풍파를 맞게 될 텐데요. 어쩌면 지금 스톱하는 편이 현명한 선택일지도 모릅니다."

"신 감독님이 중간에 〈마법의 노래〉를 포기하신다면 그렇게 되겠죠."

잭 가필드는 지호를 똑바로 보며 말을 이었다.

"제게 이런 이야길 직설적으로 하시는 걸 보면 시력을 잃고 있다고 해서 백기를 들 생각은 없는 것 같은데요."

"만약 믿고 지지해 주신다면, 믿음에 대한 신뢰를 보일 생각입니다."

지호는 정말 하고 싶었던 말을 꺼냈다.

"분명 시력을 잃고 있는 마당에 연출을 한다면 말도 안 된다고 생각할 사람들이 대다수일 것입니다. 저 역시 연출에서 물러나서 후임자에게 메가폰을 넘기고 프로듀싱만 할 생각도 있습니다. 하지만 그건 최후의 수단으로 생각하고 싶습니다."

"동의합니다. 투자자들도 신 감독님이 아닌 다른 감독이 메가폰을 잡게 되면 분명 재협상에 들어갈 겁니다. 어떤 유명 감독이 잡는다 해도 말이죠. 워너 브라더스에게는 불리한 조건이 될 것이며, 저나 〈마법의 노래〉 담당자들한테는 더 곤란한 일이 되겠죠."

대담한 잭 가필드는 고개를 끄덕이며 결론을 내렸다.

"솔직하게 말씀해 주셔서 고맙습니다. 대충 결론은 난 것 같군요. 감독님께선 최선을 다해주시기를 바랍니다."

"믿고 지켜봐 주셔서 감사합니다."

지호는 마음이 한결 놓였다. 사실을 알게 된 이상, 이제 잭 가필드도 만약을 위한 대비를 진행할 터였다.

'정말 양쪽 눈의 시력을 모두 잃게 된다면… 연출은 힘들어지겠지.'

불현듯 부정적인 생각이 들었다.

애써 긍정적으로 움직이다가도 몇 번 씩 이런 불안감이 치밀었다. 시력을 아예 잃는 것은 지금까지 겪어온 시련과는 차원이 다른 문제였기 때문이다.

'어떤 직업이든 장애를 앓게 되면 현재 하던 일을 하기 힘들어진다.'

자신도 그와 마찬가지의 상황에 직면한 것이다. 하지만 장애를 앓는다고 해서 모든 이들이 자신의 일을 포기하고 돌아서는 건 아니었다.

'그래도 연출은 희망적인 편이야. 내 눈과 귀, 손발이 되어 줄 사람들이 함께하니까.'

지호는 자신의 상황에 대해 드는 절망감과 다른 쪽으로 해석했다. 절망적인 상황이 현실로 다가올 것인지는 알 수 없었으나, 만약 현실이 된다 해도 적응하고 이겨내야 하는 것이다.

불행은 누구에게나 느닷없이 들이닥치지만 이를 대처하는 자세는 저마다 달랐다.

그런 의미에서 지호 역시 자신만의 대처법을 준비하고 있었다.

지호는 잭 가필드와 앞으로의 일에 대해 논의한 뒤로 한 번도 쓰러지지 않았다. 검사 결과 현재 몸 상태에는 별다른 이상이 있는 것도 아니었으며, 혈전 같은 경우는 일시적인 혈압 상승으로 발생했을 수 있다는 의사 소견이 동반되었다.

〈마법의 노래〉에는 리나 프라다를 캐스팅하기로 확정했으며, 다니엘 루즈 역시 드라마 촬영 후 오디션을 보고 합류했다. 세 명의 주연배우들을 포함해 배우 캐스팅이 끝나자, 프리 프로덕션을 마친 〈마법의 노래〉팀은 회의실에 모여 앉았다.

"드디어 프로덕션을 앞두고 있습니다."

화두를 연 지호가 스태프들을 차례로 일별했다.

"최고의 팀이 결성된 만큼 즐겁게 영화를 찍었으면 좋겠습니다. 단지 그것뿐입니다."

그는 관객들의 기대치나 예산 이야기를 언급하지 않았다. 관객의 기대치에 맞추려고 애쓰고, 손해를 두려워하며 진행하는 촬영은 절대 목적한 바를 이룰 수 없다는 게 지호의 지론이었다.

'일하는 행복을 느낀다면 결과는 저절로 나온다.'

어떻게든 스태프들에게 일하는 행복을 느끼게 해주는 것.

그게 바로 감독의 역할이었다.

"어떤 의견이든 주시면 협의 하에 반영토록 하겠습니다. 누가 따로 말하지 않아도 선배와 후배가 서로 알아서 존중과 질서를 지켜주십시오."

"알겠습니다."

스태프들의 대답을 들은 지호는 고개를 끄덕이며 미소를 지었다.

"말씀드린 것처럼 전 이번에 연출만을 맡습니다. 이번 영화는 감독의 창조물이 아닌, 온전히 여러분이 흘린 땀의 결과물이 될 겁니다. 오프닝 크레디트에도 배우들과 여러분들의 이름이 올라갈 것입니다."

"엔딩 크레디트가 아니고요?"

"네, 대신 엔딩 크레디트에는 제 이름이 올라갑니다."

대개 오프닝 크레디트에 감독과 배우의 이름을 넣고, 엔딩 크레디트에 스태프들의 이름을 나열한다. 이는 일종의 관례였다. 기존의 방식을 뒤엎는 발상에 팀원들은 수군댔다.

그중 유태일은 걱정스럽게 말했다.

"오프닝 크레디트와 엔딩 크레디트에 나오는 이름을 바꾸는 게 어떤 큰 의미가 있는지 모르겠습니다."

"글쎄요… 저도 이 방식이 어떤 결과를 초래할지 알 수 없습니다. 하지만 적어도 관객들은 감독 이름보다 먼저 스태프들의 이름을 보게 되겠죠. 그 이름들 중 한두 개 정도는 더 선명하게 기억에 남을 테고요. 그것만으로 충분합니다."

하기야, 감독 이름이야 굳이 오프닝 크레디트에 표기하지 않아도 모두가 알고 있을 터.

오프닝 크레디트에 이름이 나온다는 것만으로도 스태프들

은 크게 고양되었다. 많은 투자자들이 영화를 보러 올 테고 촬영 기법이나 영상미가 돋보이면 카메라감독과 조명감독의 이름을, 사운드가 마음에 들면 음악감독이나 음향감독의 이름을 떠올릴 것이기 때문이다.

"…영화가 시작하자마자 제 이름이 버젓이 나오면, 열심히 할 수밖에 없겠군요."

유태일이 너스레를 떨며 말했다. 그러자 다른 스태프들 역시 긍정의 웃음을 터뜨렸다.

지호 역시 마주 고개를 끄덕였다.

"그거면 충분한 의미가 됩니다."

서론이 끝난 뒤 스태프들은 두 시간 동안 프로덕션에 대한 회의를 진행했다.

조연출이 앞으로 나와 미리 체크해 둔 배우들의 스케줄과 촬영 스케줄을 설명했고, 각 분야의 감독들이 향후 발생할 수 있는 상황들에 대해 논의했다. 그 내용에는 손발을 어떤 방식으로 맞출지 협업에 관한 것들도 포함돼 있었다.

회의를 마친 스태프들이 모두 나가고, 지혜만이 자리에 남았다. 그녀는 문을 닫은 뒤 지호에게 물었다.

"어때? 몸은 좀 괜찮아?"

"요새는 컨디션이 썩 좋네요."

그렇게 대답한 지호가 부연해 말했다.

"아마도 과부화가 걸렸던 게 아닐까 해요. 지속적인 머리나 눈의 스트레스가 일시적으로 폭발하는 바람에 무리가 갔던 거죠."

그는 섬광 기억에 대한 말은 언급하진 않았지만, 자신이 생각하는 의미를 고스란히 전달했다.

말을 들은 지혜는 안도의 한숨을 내쉬며 대답했다.

"정말 다행이다. 하지만 항상 조심해야 돼. 네가 아프면 팀 분위기는 물론, 영화 자체도 흔들릴 수밖에 없어."

"네, 컨디션 관리도 할게요. 너무 걱정 마세요, 누나."

지호는 유일하게 그녀에게만은 자신의 건강 상태를 공유했다. 팀원들 중 적어도 한 명은 자신을 도와줘야만 만약의 경우에 대비할 수 있었기 때문이다.

"제가 부탁한 건 어떻게 됐어요?"

"원치 않는 일이지만… 일단 네 말대로 네가 보내준 자료들은 모두 숙지했어. 워낙 분량이 많아서 조금 더 봐야 하겠지만, 그래도 지금 진행하고 있는 작품에 관한 내용이라 그런지 머릿속에 잘 들어오긴 하더라."

"다행이에요."

지호는 마음이 좀 놓인 듯 빙그레 미소 지었다.

그는 〈마법의 노래〉에 관한 모든 진행 계획을 서류화시켜서 지혜에게 보냈다. 최악의 경우 새로운 감독이 오게 되면 지금의 기조를 이어갈 수 있도록 도와줄 사람이 필요했기 때문이다.

하지만 지혜는 그런 상황을 원치 않았다.

"그런 일은 절대 없을 거야."

그녀는 확고하게 말했다.

지호 역시 부정하지 않고 미미하게 웃었다.

"그래야죠… 아마 없을 거예요."

이렇게 작업이 순조롭게 착착 진행되어 가고 있는 시점에, 앞으로의 일들을 기대하며 꿈에 부풀어 있는 지금 이 시점에 언제 쓰러지거나 시력을 잃을지 모른다는 불안감이 든다면 그건 정말 슬픈 일일 터였다. 그래서 지호는 자신이 할 수 있는 최선의 대비책을 세워두고 더 이상 걱정하지 않을 생각이었다.

그는 창밖을 보며 나지막이 읊조렸다.

"지금 이 순간들을 즐기자고요."

*　　　　*　　　*

크랭크인 날짜가 다가오자 지호는 촬영 때 함께할 스태프들과 함께 공항에 나갔다. 〈마법의 노래〉의 세계관상, 뉴질랜드 전역이 무대가 되어 뉴질랜드에서 야외촬영을 진행해야 했기 때문이다.

그들을 마중 나온 토비 휴스턴이 걱정스러운 시선을 보내며 지호에게 물었다.

"정말 괜찮으시겠습니까?"

"좋아하는 일을 하러 여기보다 공기 좋고 여유 넘치는 곳으로 가는 건데요. 어쩌면 건강을 회복해서 돌아올 수도 있지 않을까 기대하고 있습니다."

괜찮지 않다고 해도 다른 누군가에게 감독 자리를 양보하지 않으려면 어차피 떠나야만 하는 길이었다.

긍정적인 태도에 헛웃음을 터뜨린 토비 휴스턴이 대답했다.

"그랬으면 좋겠군요… 감독님이라면 훌륭한 성과를 내서 건강한 모습으로 돌아오시리라고 생각합니다."

"진행 상황은 중간중간 보내겠습니다."

지호는 토비 휴스턴과 인사를 나눈 뒤 게이트 안으로 들어갔다. 촬영을 위해 외국에 나가는 건 그 역시 처음이었다.

"직접 가본 뉴질랜드는 어땠어요?"

지호가 지정된 좌석에 앉으며 물었다.

옆 좌석에 앉아 있던 유태일이 피식 웃으며 대답했다.

"꿈같은 곳이죠. 중세 유럽을 다룬 영화들의 단골 촬영 장소이기도 하고요. 여러 의미로 뜻깊었습니다."

"저도 꿈만 같군요. 〈반지의 제왕〉의 촬영 장소에서 제 영화를 만들게 될 줄은……."

말끝을 흐린 그가 이어 물었다.

"그나저나 보조 출연 배우들은 다 섭외 됐나요?"

"보조 출연자들은 뉴질랜스 현지에서 섭외했습니다. 주연, 조연 배우들은 우리보다 일주일 늦게 출발할 예정이고요."

"미리 가서 세팅해 놓고 있으면 되겠군요."

고개를 끄덕인 지호는 메모장을 꺼내어 계획들을 하나하나 체크했다. 예전 같으면 섬광 기억으로 해결했을 일들을 펜과 종이를 이용해 처리하고 있었다.

'나쁘지 않아.'

메모장을 체크할 때마다 새로운 발상이 떠오르기도 하고, 다른 계획을 구상하기도 한다. 대부분은 잡생각으로 그치지만, 썩 그럴싸한 키워드도 떠오르곤 했다. 아이디어는 꼬리에 꼬리를 물고 큰 그림에도 영향을 미쳤다.

'꼼꼼하게 일을 진행한답시고 오로지 섬광 기억 하나로 처리해 왔다니……'

진즉 돌다리도 두드렸어야 했다. 두드리다 보면 열린다는 것을 잊고 있었다.

한편 유태일은 그가 하는 양을 물끄러미 보던 끝에 입을 열었다.

"나도 나름대로 일벌레 소릴 듣는데, 신 감독님은 못 당하겠습니다. 그나저나 사석에선 서로 말 편히 하기로 했던 건 유효한 건가요?"

"당연히 유효하죠."

"그래도 감독과 스태프로 만나니까 또 그게 참, 하하하."

지호를 보며 웃던 유태일이 말투를 고치고 화제를 돌렸다.

"아무래도 리나 프라다가 너한테 이성적인 호감을 가지고 있는 것 같다. 모두가 아는 사실을 너만 모르는 것 같아서 하는 얘기야."

"이성적인 관심이요? 저한테요?"

지호가 되묻자 유태일은 진지한 얼굴로 고개를 끄덕였다.

"프라다 씨는 계속 기복 없이 연기를 펼쳐왔어. 그게 얼마나 힘든 일인지 너도 알잖아? 그런데 이번 작품에서 유독 슬럼프를 겪는다? 그게 과연 그녀만의 문제일까?"

"어쩐지 즐거워 보이시네요."

"프라다 씨가 슬럼프를 겪는 건 애석한 일이지만, 젊고 아름다운 여배우가 사랑에 빠진 것만큼 흥미진진한 소식이 어디 있겠어? 그것도 아끼는 후배한테 그런 행운이 찾아오다니."

"……."

지호는 말도 안 된다는 표정이었다.

그에 유태일이 다시금 덧붙였다.

"너 빼고 모두 눈치채고 있는 사실이야. 병원까지 따라간다고 고집하던 모습이나 널 보는 시선이나."

"확실해요?"

지호는 재차 확인했다. 유태일의 말을 못 믿겠어서가 아니었다. 배우의 심리에 누구보다 주의를 기울이고, 이 사실을 가장 먼저 눈치챘어야 할 자신이 놓쳤다는 사실이 스스로 믿기지 않았던 것이다.

이런 내막을 모르는 유태일은 답답한 듯 미간을 찌푸렸다.

"본인의 입에서 나온 말은 아니니 확실하단 말은 못하겠지만, 일단 정황상 백퍼센트라고 봐도 무방할 정도?"

'아무리 정신이 없었어도 그렇지 그런 큰 심경 변화를 모르고 지나치다니.'

지호는 스스로를 꾸짖었다.

그녀가 슬럼프란 사실만 알았지, 정작 왜 기복이 생겼는지는 고민하지 않았던 것이다.

"이런 경우에는 어떻게 해야 하죠?"

아무리 모든 해답을 안고 있는 것 같은 지호라 해도 이런 상황은 난감했다.

그러나 비슷한 일로 지혜를 팀에서 내보내야 했던 유태일이 정답을 알고 있을 리가 없었다.

"나한테 물어보는 건 그다지 좋은 생각이 아니야. 남녀 간의 일은 될 대로 되게끔 내버려 두는 게 가장 좋은 것 같더군."

"촬영을 해야 하니 그렇죠."

대답한 지호가 덧붙였다.

"팀원들은 물론 워너 브라더스의 운명까지 걸린 프로젝트니까."

그에 유태일이 의표를 찔러왔다.

"우리한테는 그저 즐기라며, 후배님은 왜 그런 부담을 안고 있지?"

"저야 모든 상황에 책임을 져야 하는 감독이니까……."

"책임을 져야 하는 건 맞고, 아주 좋은 생각이야. 그러니 스태프들도 널 따르는 거겠지. 훌륭한 감독이라면 배우들과 스태프들이 편하게 일할 수 있도록 믿고 의지할 정신적 지주가 되어야 하는 것도 맞고. 하지만 네 부담은 알게 모르게 다른 사람들한테도 전파될 수밖에 없어."

"책임감은 가지되 부담감은 버려라 이건가요?"

"역시 하나를 말하면 열을 아네."

씨익 웃은 유태일이 말을 이었다.

"어려운 일이란 거 알지만, 그게 감독 아니겠어?"

Chapter 6
시련을 극복하는 자세II

뉴질랜드 웰링턴 공항에 도착한 스태프들은 호텔로 가서 짐을 풀었다. 지호는 스태프들과 함께 빅토리아 산으로 갔다. 빅토리아 산은 원래 도시에서 가까워 산책로로 이용하던 곳이었지만, 〈마법의 노래〉의 첫 촬영 장소로 선정한 곳이기도 했다.

　　지호는 스태프들과 산책로를 둘러보며 촬영을 진행할 포인트들을 직접 체크했는데, 유태일이 길잡이를 자청하며 자신이 선택한 촬영 장소에 대해 설명했다.

　　"숲이 우거져 있어서 죽은 자들과 사투를 벌이는 첫 장면을 촬영할 장소로 적합합니다. 야외촬영은 조명 없이 자연광으로 촬영하자는 말씀에 따라 햇볕이 드는 조도를 고려했습니다."

"훌륭합니다. 다만, 숨어서 지켜보고 있는 주인공의 구도를 하나 확보하기 위해 A카메라는 나무 뒤에 위치하는 게 좋겠습니다. 그래야 긴장감을 더 살려줄 수 있을 거예요. 그리고 나무들이 조금 빈약한 느낌을 주니까, 더 풍성하게 다른 종류의 나무를 가져다 쓰는 게 좋겠습니다. '죽은 자들'도 입김이 나면 안 되니까 스노클링 기어를 쓰고 촬영하도록 준비해 주시고요."

"그렇게 진행하겠습니다."

유태일은 지호의 요구 사항을 메모하고 카메라를 둘 위치에 간이 팻말을 세워 표시를 했다.

그를 보며 지호가 물었다.

"관리자 측에는 허가를 받은 거겠죠?"

"물론입니다. 촬영 중에는 통제를 해도 된다는 허가까지 받았어요. 제가 한 일은 아니고, 워너 브라더스 측에서 나온 사람이 해결했습니다. 턱하니 허가를 내주고… 역시 세계적인 영화사를 끼고 작업하는 게 좋긴 좋아요."

"아무래도 편하죠."

어깨를 으쓱인 지호가 성큼성큼 앞서서 걸었다. 그리고 그 뒤를 스태프들이 줄줄이 뒤쫓았다. 그들은 지호가 당부하는 내용을 각자 맡은 분야에 맞게 받아 적었다.

올리비아 산의 산책로는 물론, 안쪽까지 훑어보니 어느덧 해가 지고 있었다. 아무 생각 없이 돌면 한 바퀴쯤이야 금방 돌 수 있었을 테지만, 일일이 촬영 계획을 확인하며 움직이니 한 바퀴 도는데 다섯 시간이 넘도록 걸린 것이다. 시간이 오래 걸렸다는 것은 그만큼 지호가 세심하고 다각도적인 시선으로 접근했다는 의미기도 했다.

한편 유태일은 미처 자신이 생각하지 못했던 부분까지 꿰는 지호를 보며 한쪽 입꼬리를 올렸다.

'역시… 보는 눈 자체가 남달라.'

점심 겸 저녁을 먹기 위해 인근 식당을 찾은 지호가 스태프들을 앞에 두고 지혜에게 물었다.

"다음 일정은 밤 촬영이 있는 리븐델이죠?"

"맞아요."

"내일은요?"

"내일부턴 세 곳씩 돌아봐야 해요. 아무래도 웰링턴, 오클랜드, 북섬 등지의 스무 곳을 다 들려야 하니 일정이 빡빡할 수밖에 없어요. 섭외하는 것도 꽤 힘들었을 것 같더라고요. 근데 꼭 직접 방문하셔야겠어요? 이미 한 장소당 수십 장의 사진을 보고 결정하신 곳들이잖아요?"

"시간을 잡아먹더라도 상관없습니다. 설령 촬영 일정이 지연되어도 반드시 거쳐야 하는 필요한 부분이에요."

고개를 끄덕인 유태일이 동의했다.

"하긴, 완성도가 가장 중요하죠. 근데 나머지 장소들은 어떻게 사전 검토를 하실 생각이십니까? 그동안 세계 각지로 움직이며 섭외한 장소가 한두 곳이 아닌데요."

그 지혜가 이어받았다.

"어디 보자……."

그녀는 수첩을 꺼내서 확인하며 덧붙였다.

"〈레버넌트〉 촬영지였던 아르헨티나 우수아이, 미국 몬타나의 리비, 캐나다 알버타. 그리고 〈왕좌의 게임〉의 무대가 된 스페인 알카사르, 크로아티아 몰타 등등. 총 합치면 백여 곳이 넘어요."

많은 곳을 로케이션 장소로 선택했다는 사실은 알고 있었지만, 이 정도까지 세계 각지를 돌아다닐 줄은 몰랐던 스태프들은 입을 쩍 벌리며 토끼 눈이 됐다.

"설마 〈마법의 노래〉 같은 판타지 영화를 CG도 없이 촬영할 생각은 아니시겠죠?"

"대장정이 되겠군요. 와이프한테 당분간 집에 못 돌아간다고 연락해야겠어요."

"어째 프로덕션에 들어가니 산 넘어 산이네요. 이제 찍기만

하면 된다고 생각했는데… 올해 안에 촬영을 마무리 지을 순 있을까요?"

갖은 의문들이 튀어나왔지만 대개 비슷한 내용들이었다.

그들을 차례로 일별한 지호가 가벼운 미소를 지으며 대답했다.

"프로덕션에 들어갔으니 일사천리로 진행될 겁니다. 물론 모든 장소를 사전 답사할 수는 없을 거예요. 그리고 CG는 쓸 겁니다. 쓰긴 쓰겠지만… 최소화할 생각입니다. 마법이 발현 되는 장면에서도 실제로 눈을 뿌리고 마네킹을 얼려서 쓸 겁니다. 마차도 실제로 폭파시킬 거고요. 때가 되면 우리 미술팀 이 자세한 설명을 해주겠지만, CG는 화면을 부드럽게 터치하는 정도의 역할이라고 인지해 주시면 됩니다."

"설마 촬영 인원의 숫자도……?"

유태일의 물음에 지호가 고개를 끄덕였다.

"그래서 원작의 다양한 캐릭터들을 과감히 자르고, 주연을 최소화한 겁니다. 포커스를 주인공한테 맞춘 상태로 진행하는 것도 같은 이유고요. 원작에서의 남다른 스케일이 넓은 세 계관과 다각적인 사건 진행에 의한 것이었다면, 영화에서의 스 케일은 CG없이 자연광을 조명 삼고 광활한 대자연을 배경 삼는 연출 방식에서 기인할 겁니다. 실제 영화 설정에 버금갈 정도의 출연 인원을 동원하는 것도 한몫하겠죠."

이야기를 들으며 앞으로의 계획을 머릿속으로 상상한 휴 브리저는 감탄을 아끼지 않았다.

"영상을 감상하는 것만으로도 두 시간이 훌쩍 지나 버리겠군요. 관객들은 내내 감탄하면서 보게 될 거예요. 인류 영화사의 새로운 도약이라고 볼 수도 있을 겁니다. 영화 한 편으로 세계의 절경들을 하나로 묶는다? 정말 판타지 세계가 우리가 살아가는 이 세상에 재림한 것 같은 느낌을 선사하겠군요."

"아마도 그렇게 될 겁니다. 우리가 씬들을 잘 담아낼 역량만 된다면요."

지호는 이 창대한 계획을 생각해 낸 사람이라고 볼 수 없을 정도로 침착했다. 오히려 그를 바라보고 있는 스태프들이 상대적인 흥분에 휩싸여 몸을 떨었다.

그때 유태일이 한 가지 중요한 점을 체크했다.

"원작자의 동의는 구한 건가요?"

"직접 만나서 허락을 맡았습니다. 영화의 경우 전적으로 제게 맡기겠다고 하더군요. 원작이 없었다면 영화 〈마법의 노래〉도 없었겠지만, 우린 하나의 독창적인 창작물을 만든다는 생각으로 임해야 할 겁니다. 일단 주인공 위주의 전개 방식 자체가 영화의 몰입도를 높이기 위한 거니까요."

"설마 2편 이후 주인공들이 바뀐다, 이런 건 아니겠죠?"

지혜가 의문에 지호는 긍정의 미소를 보였다.

"역시 날카로우시네요. 맞습니다. 〈마법의 노래〉는 매 편에서 다양한 주인공들을 다루게 됩니다. 교차점에선 전작의 주인공과 맞닿기도 할 거고요. 결과적으로 시리즈를 전부 보고 나면, 모든 원작에서 등장하는 주인공들의 매력을 모두 맛볼 수 있게 되는 거죠. 이를 위해 사건 전개를 나열하고 각 주인공들을 1인칭으로 재집필한 다음, 교차점을 찾아냈습니다. 다들 시나리오를 보셨으니 아시겠지만 2, 3편의 주인공이 함께 나오는 교차점들을 스토리에 지장 없게끔 제거하고, 1편 마지막에 넣었습니다."

"2편 주인공을 카메오로 쓰면 되겠군요."

지혜의 말에 지호가 덧붙였다.

"1편의 필름이 나오는 대로 이를 보여준 뒤, 2편 주인공을 캐스팅할 겁니다. 최고의 배우로요. 영화가 잘 나와서 후속편도 지금 수준이나 그 이상의 지원을 받게 된다면 주연 자리를 거절할 배우는 없을 겁니다. 우리 입장에선 선택의 폭이 할리우드 전체로 바뀌는 거죠."

"맙소사……."

휴 브리저는 충격받은 얼굴로 허탈하게 중얼거렸다.

다른 스태프들 역시 마찬가지였다. 그중에는 지혜도 포함돼 있었다.

"닭살 돋은 거봐. 완전 소름 돋아요."

동감한 유태일이 팔짱을 낀 채 입을 열었다.

"할리우드를 쥐락펴락하는 감독이 되겠군요."

"…일단 계획이니 너무 김칫국 마시진 말자고요."

지호는 쓰게 웃으며 말했다. 애초에 할리우드를 쥐락펴락하는 감독에는 관심이 없었다. 앞으로의 일들을 상상하는 것만으로도 심장이 터질 것 같은 기쁨과 행복감을 느꼈고, 그걸로 충분했다. 그 에너지가 남아 있는 한 언제든 멋진 영화를 만들 수 있을 것만 같았다.

그런데 시력을 잃을지도 모른다니…….

더 이상 지금처럼 자유롭게 영화를 만들 수 없을지도 모른다니.

생각만으로도 아찔하기 그지없었다.

'괜찮아.'

지호는 애써 긍정적인 마음을 먹으며 화제를 돌렸다.

"다음 주면 배우들이 들어오고 뉴질랜드에서 촬영이 시작될 겁니다. 내일부턴 최소의 인원으로 움직이죠. 각 분야에서 교대로 한 분만 나오시면 됩니다. 나머지 분들은 베스트 컨디션을 만들어주세요. 푹 휴식을 취하되 안에만 계시면 안 됩니다. 자신의 의식을 〈마법의 노래〉의 세계관에 빠져들게 해야만 돼요. 마치 배우가 극중 상황에 몰입해 연기를 하듯, 우린 배우들이 도착하기 전에 이미 〈마법의 노래〉 세계관 속의 인물이 되어 있었으면 합니다. 그럼 함께 촬영하는 배우들 역시 시너지를 받아 더 깊이 몰입할 수 있을 테고, 우리 역시 배우들과 호흡을 맞춰 더욱 사실적이고 아름다운 장면들을 연출할 수 있을 겁니다."

그는 지난번 이도원과 함께했던 〈3.8〉의 한국 촬영 때, 그리고 워너 브라더스에서 진행했던 오디션 때 카메라를 잡으며 배우들의 연기와 함께 호흡해 보았다. 그리고 그 상호적인 상승효과를 직접 체감했다.

'스태프들도 느낄 수 있을 거야.'

한 사람도 빠짐없이 현장의 모두가 함께 호흡하는 상태에서 장면을 연출하는 것. 그게 바로 지호가 바라는 일이었다. 그 결과를 생각만 해도 가슴이 두근거렸다.

지호의 상기된 얼굴을 물끄러미 응시하던 지혜는 피식 웃었다. 그녀는 이 자리에서 가장 지호를 잘 아는 사람이었다. 여러 번 함께 작업을 해봤고, 이젠 서로 말하지 않아도 마음을 어느 정도 읽을 수 있었다.

'또 무슨 꿍꿍이가 있구만?'

지혜 역시 절로 기대가 됐다. 지호가 저런 웃음을 보일 땐, 단 한 번도 실망시켰던 적이 없었기 때문이다.

"그럼 정리할게요."

그녀가 입을 열었다.

"누가 어디로 갈 건지… 그 순서는 자유롭게 정해주세요. 기왕이면 야간 촬영에 강한 분이 야간 답사 때, 주간 촬영에 강한 분이 주간 답사 때 함께해 주시는 편이 좋겠죠?"

그 순간 손을 번쩍 든 휴 브리저가 이의를 제기했다.

"이런 방식은 수긍하기 힘듭니다. 현장 답사에는 각 분야의 수장인 감독이 동행해야 하는 것 아닙니까? 예를 들어 촬영 감독이 A, B, C 중에 어느 카메라를 잡든 나머지 카메라 스태프들을 컨트롤해야 합니다. 이처럼 감독들이 주축이 되어 촬영을 진행하게 될 텐데, 감독이 쉬고 보조 스태프가 답사를 나가면 착오가 있을 수 있습니다."

그러나 지호는 고개를 저었다.

"사전 답사는 어디까지나 사전 답사입니다. 현장에서 최종적인 의견 조율을 하게 되겠죠. 그땐 각 분야 감독들의 의견을 최대한 반영하겠지만, 각 분야 감독이 주축이 되어 촬영을 진행한다는 의견은 받아들일 수가 없군요. 우리 모두가 주축입니다. 그걸 잊으면 안 됩니다. 감독님들께서 그 점을 뿌리 깊이 인지하고 계셔야만 스태프들 모두가 주축이 되어 주인 의식을 갖고 촬영에 임할 수 있습니다."

그가 잠시 틈을 두고 당부와 함께 말을 맺었다.

"제 기우겠지만, 마침 말이 나왔으니 한 가지만 짚고 넘어가겠습니다. 그들의 자유를 빼앗지 마세요. 우리 모두는 상하 관계가 아닌, 동행하는 관계입니다. 모두 함께 정한 현장의 질서는 지켜져야겠지만, 개인이 질서를 내세워 동료의 자유를 침범해선 안 됩니다."

Chapter 7
감독과 배우|

촬영 현장 사전 답사는 뉴질랜드 전역을 관광할 절호의 기회였다. 각 분야 스태프들은 교대로 일정을 소화했기 때문에 크게 피로감을 느끼지 못했다. 오히려 CG같이 아름다운 풍경을 두 눈으로 보고 사진 찍는 시간도 가질 수 있었다.

"…스태프들이 즐겁게 임할 수 있도록 배려하는 건 성공한 것 같네요. 신, 지, 호 감독님."

지혜는 한눈에 봐도 초췌해진 얼굴로 이를 악물고 한 글자씩 끊어서 이름을 불렀다. 그녀를 고생시키는 장본인인 지호는 어색한 웃음을 보였다.

"하하… 그러게요. 서로 자신이 답사를 나가겠다고 다툰다고 하니, 매일같이 꽉 찬 일정 속에서 돌아다니면 그것도 고역이란 걸 모르나 보더라고요."

지혜는 한숨을 내쉬며 고개를 절레절레 저었다.

"이제 다 끝났으니 하는 말이지만 정말 지독스러워요. 언제나 그렇지만 직접 눈으로 보고 준비를 완벽히 해놔야 직성이 풀리나 봐요."

그동안 지호의 완벽 주의는 점점 정도를 더해갔다. 처음에는 현장을 세세하게 둘러보며 각 분야 감독들과 상의를 하는 정도였는데, 나중에는 화가를 한 명 섭외해 데리고 다니면서 현장을 고스란히 그리게끔 했다. 그리고 그 그림을 갖고 지혜와 밤늦도록 촬영에 대해 논의하곤 했다. 그녀로서는 원망스러운 말투가 안 나올 수 없는 상황인 것이다.

그러나 정작 지호는 천연덕스럽게 대답했다.

"사실 전 모든 것이 준비라고 생각하거든요."

그는 씨익 웃으며 말을 이었다.

"준비만 잘 되어 있다면 내 실력으론 힘들 것 같은 일도 이뤄낼 수 있죠."

"그건 배워야겠네요."

말을 말아야지, 하는 표정으로 어깨를 으쓱인 지혜가 수첩을 확인하고 덧붙였다.

"오늘 배우들이 들어오기로 되어 있어요. 음… 두 시간 남았는데 어떻게 할까요? 일단 짐 풀고 오늘 하루는 휴식?"

"배우들과 스태프들이 함께하는 만찬은요?"

"내일이에요."

"그럼 오늘은 따로 배우들을 좀 보기로 하죠. 비행기 타느라 피곤할 테니까 편안한 자리로 부탁해요."

"전망 좋은 바닷가에 칵테일 바 어때요?"

"완벽해요."

지호는 엄지를 올렸다. 딱 자신이 원하는 장소였기 때문이다. 역시, 지혜와는 손발이 기가 막히게 잘 맞았다.

지혜는 그럼 그렇지… 하는 표정으로 피식 웃었다.

"이런저런 연기도 주문해 볼 수 있을 테고요. 그렇죠?"

"맞아요, 제가 원하던 거예요."

"알아요."

대수롭지 않게 대답한 지혜가 말을 이었다.

"배우들 입장을 배려해서 저절로 치유되는 장소로 미팅을 잡았으니까 마음껏 굴려도 될 거예요. 아무렴 신 감독님이나 저보다 피곤하겠어요? 제가 감독님이랑 작업하면서 비행기 탄 것이 한두 번이 아니지만, 지금처럼 피곤한 적은 없었거든요."

"알겠어요, 누나. 서운하지 않도록 배우들을 포함해서 다른 스태프들도 공평하게 참여하게끔 할 거예요. 이제 시작이니 너무 걱정 마세요."

지호는 따로 말하지 않았지만 그녀에게 고마워하고 있었다. 만약 그녀가 아닌 다른 사람이었다면 농담 섞인 불만으로 넘어가지 않았을 것이다.

'아마 진작 도망쳤겠지.'

실제로 그만큼 많은 일을 감당하고 있었다. 섬광 기억을 잃은 뒤 완벽 주의적인 성향이 더욱 짙어졌다. 준비를 하고 또 해도, 불안감이 물밀 듯이 몰려왔던 것이다.

'보통 사람들은 늘 특별한 능력 없이 영화를 만든다.'

지호는 자신이 지금껏 섬광 기억에 얼마나 많은 부분을 기대고 의지했는지 새삼 깨달을 수 있었다. 원래 있다가 없으면 더 불편한 법. 많은 이들이 오래된 습관을 버리지 못하고, 한번 중독된 것은 좀처럼 끊지 못하는 것도 같은 이유일 것이다.

'지금이라도 내가 섬광 기억에 얼마나 의지했는지 알아서 다행이야.'

섬광 기억은 분명 자신에게만 주어진 달콤한 축복이었지만, 쓰기에 따라선 자청해서 바보가 될 수도 있는 양날의 칼이었다.

'이번 작품에선 능력을 사용하지 않는다.'

결심한 지호는 〈마법의 노래〉의 촬영 현장 사진과 그림을 다시 한 번 대조해 확인했다.

＊　　　　　＊　　　　　＊

　대망의 〈마법의 노래〉 촬영 현장으로 초청을 받은 출연 배우들은 함께 비행기를 타고 공항에 도착했다. 그런데 분위기가 조금 미묘했다.

　리나 프라다를 사이에 두고 다니엘 루즈와 에릭 존슨이 애매한 신경전을 벌이고 있었던 것이다. 두 사람은 동갑내기였고, 할리우드에서의 인지도 역시 우열을 가리기 힘들었다.

　조금 더 호전적인 성향의 다니엘 루즈가 자신의 카우보이 모자를 만지작거리며 서부극의 주인공처럼 도발했다.

　"곧 촬영하게 될 검투 씬에서 지금처럼 멍청한 표정을 짓고 있으면 곤란해."

　그에 리나 프라다가 웃음을 터뜨렸다. 잠이 덜 깬 에릭 존슨이 기내에서 찾은 자신의 화보를 든 채, 반쯤 감긴 눈으로 서 있었기 때문이다. 화보 속 그의 모습은 완벽해 보였지만 지금은 빈틈투성이 같이 보였다. 그가 자신의 모습을 깨닫고 얼굴을 붉히자, 그녀가 말했다.

　"왜요? 난 화보 속 존슨 씨보다 지금 모습이 훨씬 멋있는데. 검투 씬에서 이런 허술한 모습을 보이는 것도 관객들에게 웃음 포인트가 될 수 있을 것 같아요. 시나리오 속에 캐릭터 성격도 좀 종잡을 수 없는 부류잖아요?"

다니엘 루즈는 뜻밖의 대답이 돌아오자 표정을 일그러뜨렸다.

'빌어먹을!'

공격이 실패한 것이다.

에릭 존슨이 이 기회를 놓치지 않고 의기양양하게 대답했다.

"고마워요, 리나. 엄연히 중세 배경으로 한 판타지를 찍는 마당에 머리를 짧게 자르고 서부극 주인공처럼 등장한 바보 같은 놈의 말은 애초부터 신경 끄고 있었소."

그는 출발 전부터 말투에 적응하려는 듯 계속 요상한 어조를 고집하고 있었다.

물론 다니엘 루즈가 보기에는 유난스럽고 우스꽝스러운 행동에 불과했지만 말이다.

"신 감독이 자네를 왜 뽑았는지 모르겠군."

피식 비웃음을 날린 그가 먼저 성큼성큼 걸어가 버렸다.

리나 프라다는 서로 잡아먹을 듯 으르렁대는 두 남자를 보면서도 그리 심각하게 생각하지 않았다. 애초에 감정적으로 선을 넘을 만큼 바보들이었다면 진작 넘었을 것이기 때문이다. 지나칠 것 같으면 두 사람 중 한 명이 꼭 물러났다.

'유치해, 유치해.'

그녀는 한편으로 그들의 분쟁을 즐기면서 앞서갔다.

반면 두 사람을 먼저 보낸 에릭 존슨은 그녀의 뒷모습을 심상치 않은 눈빛으로 응시했다.

'그녀는 신 감독님을 좋아해.'

한 차례 고개를 흔든 그가 리나 프라다의 뒤를 서둘러 쫓았다.

30분 후, 워너 브라더스 측 사람을 만나 바닷가로 이동한 그들은 썩 만족할 수 있었다. 바다에 있는 최고급 호텔의 1등급 객실이 예약되어 있었던 것이다.

"가장 전망 좋은 방들로 배정했습니다. 각자 방으로 가셔서 짐을 푸시고, 한 시간 뒤 로비로 나오시면 됩니다."

고개를 끄덕인 리나 프라다가 물었다.

"배고픈데요… 식사는요?"

"감독님과 함께하기로 되어 있습니다."

대답을 들은 다니엘 루즈가 기지개를 켜며 끼어들었다.

"뭘 먹을지 벌써부터 기대되는데? 그래도 센스가 있는 분이라 다행이야. 공식 일정은 일주일 뒤로 적혀 있던데… 사나흘은 관광도 좀 하고 몸도 녹이면서 수영도 하고, 그다음 촬영에 들어가면 딱 좋겠어."

그 계획이 썩 마음에 드는지 에릭 존슨도 동조했다.

"오랜만에 나와 같은 생각을 하는군."

한가한 소리를 듣던 리나 프라다는 웃음을 참고 있었다. 그녀는 지호의 스타일을 이미 잘 알고 있었던 것이다.

'또 일, 일, 일 하고 계실 텐데… 감독님 스타일에 적응하려면 두 사람 다 고생 꽤나 하겠네.'

반면 워너 브라더스 측에서 나온 관계자는 무표정한 얼굴로 인사를 했다.

"그럼 전 이만 가보겠습니다. 한 시간 뒤에 뵙죠."

그는 휑하니 떠나버렸다.

배우들은 서로 방으로 올라가 짐을 풀고 준비를 해서 한 시간 뒤에 로비로 모였다. 다행히 지각은 한 명도 없었다. 미리와 있던 워너 브라더스 측 관계자가 시계를 확인하며 말했다.

"차를 타고 이동하겠습니다. 감독님께서 기다리고 계십니다."

그 말대로, 그들은 다 함께 차를 타고 움직였다.

깨끗한 바닷가가 펼쳐진 해변에 도착하자 야외 칵테일 바에 앉아 있는 지호와 지혜가 눈에 들어왔다.

"크. 첫날부터 휴양이라… 죽이는구먼. 역시 센스가 있으셔."

다니엘 루즈는 콧노래를 부르며 바에 가서 앉았다. 다른 이들 역시 지호에게 인사를 하고 자리에 앉았다.

배우들과 인사를 나눈 지호가 빙그레 웃으며 입을 열었다.

"오랜만이네요. 영화의 무대가 될 뉴질랜드에서 뵙게 돼서 한층 더 반갑습니다."

간단한 요리와 칵테일이 나오자, 그가 말을 이었다.

"오늘 이 해변에는 아무도 오지 않습니다. 우리 촬영 장소 목록에 넣어서 인원 통제를 받았습니다. 휴양지나 관광지도 아니고, 바텐더분도 여기로 출장을 오신 거라서 어려운 일은 아니었습니다."

다니엘 루즈와 에릭 존슨이 눈빛을 교환했다. 두 사람 모두 왜 그런 쓸데없는 짓을 했느냐는 표정이었다.

지호는 그들이 품는 의문에 대한 대답을 해주었다.

"이미 이곳에 오시기 전 무술감독님을 통해 여러 무술을 익혔으리라 생각합니다. 해서 제가 한 번은 봤으면 해서 이곳으로 모셨습니다. 곧 무술감독님도 오실 겁니다."

"리허설은 현장에서 들어가도 될 텐데, 굳이 일정에 없는 날까지 연기를 해야 하나요?"

리나 프라다가 물었다.

그들이 연기하는 모든 시간들은 전부 금전적 가치를 동반했기에, 이런 부분에서 민감할 수밖에 없는 것이다. 이미 출연이 확정된 이상 감독이 연기를 보고 싶다고 해서 아무데서나 연기를 시키는 건 몰상식한 일이었다. 만약 정 보고 싶다면 정식으로 오디션을 보거나 리허설을 진행해야 한다.

그러나 지호에게는 굳이 배우들을 불러서 연기를 주문해야만 했던 명백한 이유가 있었다.

"서로 스케줄이 맞지 않아서 합을 맞출 시간이 부족했다고 들었습니다. 완벽하게 합을 맞추려면 충분한 연습 시간이 필요하죠. 작품 내에서 두 분의 검투 씬이 세 번 있고, 모두 클라이맥스니 더더욱 중요합니다. 그래서 여러분을 일정보다 훨씬 일찍 모시게 된 겁니다."

배우들은 지호가 말하는 의도를 어렵지 않게 파악할 수 있었다.

"틈날 때마다 감독님 앞에서 리허설을 하게 되겠군요."

에릭 존슨이 말하자 지호는 고개를 끄덕였다.

"아마 당분간은 그렇게 될 겁니다. 전 배우들 간의 화합을 중요하게 생각합니다. 이틀을 함께 지낸 배우들끼리 호흡을 맞추는 것과, 한 달을 함께 지냈던 배우들끼리 호흡을 맞추는 것은 다르죠. 미세하더라도 차이가 분명 존재합니다. 눈빛부터 말투, 크고 작은 행동까지. 감정 연기에도, 액션 연기에도 해당 배우들의 유대 관계는 중요합니다. 캐릭터를 완성하는 건 배우 자신이지만 캐릭터 간의 유대를 형성해 주는 건 감독의 몫입니다."

배우들은 곰곰이 생각에 잠겼다. 일정 밖의 연습이었기에 거절하려면 거절할 수도 있는 부분이었다. 솔직히 지호가 미리 상의하지 않고 불러서 통보한 것도 마음에 들지 않았다. 그러나 지호의 말에 틀린 구석이 없는 것도 사실이었다.

"좋아요."

"알겠습니다."

리나 프라다와 에릭 존슨이 순순히 대답하자, 다니엘 루즈 또한 어깨를 으쓱이며 수긍했다.

"미리 말씀해 주시지."

"죄송합니다."

뜻밖에 깨끗하게 사과하며 미안한 미소를 머금은 지호가 양해를 구했다.

"전담 에이전트가 없는 분도 계시지만, 에이전트가 있으신 분은 여러분의 시간 활용에 대해 충분한 상의를 거치셔야 하겠죠. 그렇게 되면 아무래도 현장에서 연습할 시간에 광고를 한 편 더 찍는 선택을 하게 될 가능성이 큽니다. 이미 무술감독님에게 충분한 지도를 받았으니까요. 제가 배우들 간의 관계성에 대해 설파했더라도, 쉽사리 응해주지 않으실 거라고 생각했습니다."

불러두고 통보하는 지호의 방법은 잘못됐다. 그러나 지호의 입장이 이해가 가지 않는 것은 또 아니었다. 더군다나 배우들은 지호에 대한 신뢰를 어느 정도 쌓은 상태.

"너무 미안해하진 마세요. 배우 스케줄 따윈 아랑곳 않는 감독님들도 많아요."

리나·프라다의 말에 두 남자 배우도 고개를 주억이며 동의했다.

"특히 유명한 감독님들이 그러시죠."

멀리서 다가오는 무술감독을 발견한 다니엘 루즈가 자리에서 일어나며 모자를 벗었다.

"덤벼, 존슨."

에릭 존슨 역시 두 눈이 이글이글 타올랐다.

"엉덩이를 걷어차 주지!"

두 사람은 백사장으로 나가 미리 준비된 소품용 검을 들었다.

"저도 중간에 끼어들어야 해서."

리나 프라다 역시 펜싱 검을 들고 대기했다.

할리우드 최고의 무술감독인 릭 알렉산더가 지호 곁에 앉으며 유쾌하게 말을 걸었다.

"촬영 현장을 자세히도 주셨더군요. 덕분에 돌부리 하나까지 신경 썼습니다. 덕분에 배우들 동선이 박진감 넘치게 나왔고요. 어디, 트레이닝 일정을 훌륭하게 소화했다는 이야긴 익히 들었는데… 한번 볼까요?"

"미리 연습을 했다고 해도 셋이 완벽히 합을 맞추려면 감독님의 장기적인 지도가 필요할 겁니다. 저도 그 부분에 대한 투자를 아끼지 않겠습니다. 카메라로는 배우들의 액션을 모두 담아내지 못해 아쉬워하고, 모든 장면이 보석 같아서 편집 때 자를 장면을 고르는 일조차 고역이었으면 합니다."

"이거, 부담이 확 되는데요?"

엄살을 떤 그는 배우들을 날카로운 시선으로 주시했다.

그러자 지호가 신호를 보냈다.

"준비되는 대로 바로 액션 들어가 주세요."

말이 떨어지기 무섭게 다니엘 루즈가 에릭 존슨의 칼날을 건드리며 도발적으로 나섰다.

따앙―!

검이 맞붙자 진짜 쇠붙이처럼 공명한다.

다니엘 루즈는 흥미진진한 표정으로 말했다.

"맞으면 아프겠는데? 살살 들어가 주마!"

"세상 모든 일이 장난 같나? 명예도 모르는 녀석 같으니."

에릭 존슨은 연이어 공격을 퍼부었다.

땅, 땅, 따앙―!

"춤을 추는군!"

크게 외친 다니엘 루즈가 사납게 반격했다.

그러자 깊이 뿌리내린 나무처럼 자세를 지키던 에릭 존슨이 사정없이 밀려났다.

쉬익, 쉭!

다니엘 루즈가 휘두른 검이 바람을 일으키며 에릭 존슨을 훑었다.

아슬아슬한 거리를 두고 칼날을 피하던 에릭 존슨이 순간, 중심을 잃고 뒤로 고꾸라졌다.

다니엘 루즈가 그를 검 끝으로 찌르려는 순간!

리나 프라다가 개입하며 검을 쳐냈다.

"올리비아?"

다니엘 루즈의 표정이 일그러졌다.

리나 프라다는 언제든 반격할 자세를 잡고 그를 쏘아보며 입을 열었다.

"살인자가 될 셈인가요?"

"비키시오. 난 이미 전쟁에서 수많은 적을 벤 몸이오."

"좋아요. 안 그래도 자만심에 가득 차서 아무 때나 검을 뽑는 당신의 버릇을 고쳐주고 싶었어요. 나와도 겨뤄보죠!"

그녀는 재빠른 찌르기로 공격을 가했다.

그에 다니엘 루즈가 자신의 검을 바짝 끌어당기며 어렵지 않게 방어했다.

"속도로는 누구도 날 당해낼 수 없소. 그렇다고 여자인 당신이 내 검을 밀어낼 정도의 힘이 있는 것도 아니니!"

그는 온 힘을 다해 검을 쳐냈다. 그 바람에 리나 프라다가 검을 놓치자, 다니엘 루즈가 자신의 검을 갈무리하며 싸움을 매듭지었다.

"올리비아, 당신의 계획은 성공했소. 싸울 맛이 뚝 떨어지는군."

그가 몸을 휙 돌리자 지호가 박수를 쳤다.

짝짝짝짝…….

"처음 손발을 맞춰본다고는 믿기 힘들 정도로군요. 처음에는 정말 싸우는 줄 알았어요. 말투를 듣기 전까지."

그 말에 의기양양해진 다니엘 루즈가 턱을 치켜들며 대답했다.

"실제로 검술을 배웠습니다. 그 누구와 붙어도 호흡을 맞출 수 있게끔 훈련을 받았어요. 지금처럼 어느 정도 사인이 오간 상대와 합을 맞추는 연기 정도야 어려울 것 없죠."

극중 캐릭터에서 아직 벗어나지 못한 것인지, 혹은 다니엘 루즈가 극중 캐릭터 그 자체인 것처럼 성격이 똑같은 것인지. 이유야 뭐가 되었든 캐스팅이 훌륭했다는 것만큼은 의심의 여지가 없어보였다.

그때, 포도를 먹던 무술감독 릭 알렉산더가 씨익 웃으며 말했다.

"감독님이 보시는 관점은 어디까지나 현재 수준의 연기 호흡입니다. 게임을 할 때 이지, 노멀, 헬, 세 가지 수준의 난이도가 있죠? 가장 기초적인 수준의 합을 맞추는 데에는 성공한 셈입니다. 대단해요."

어쩐지 비꼬는 걸로 들렸다.

아니나 다를까, 그가 담담하게 말을 이었다.

"사실 대부분의 연기자들이 그 정도 액션을 할 줄 알면 적절한 대역과 카메라 워킹, 편집을 활용해 완벽한 액션을 연출해 냅니다. 무술을 수십 년 수련한 극중 캐릭터를 초심자가 따라갈 수 있을 턱이 없죠. 그러나 여러분은 해내야 됩니다."

일방적으로 통보한 릭 알렉산더는 자리에서 일어나 소품용 칼을 집은 뒤, 어깨를 풀며 사냥감을 노리는 사자처럼 그들에게 어슬렁거리며 다가갔다.

"세 분이 한꺼번에 덤벼요. 날 쓰러뜨리기 전까지 오늘 전야제는 없습니다."

어느새 몸을 일으킨 에릭 존슨이 기합을 내지르며 달려들었다.

"하압!"

그러나 배를 얻어맞고 말았다.

퍽!

"큭!"

그가 고통스러운 신음과 함께 주르륵 밀려 나자 다니엘 루즈가 한 발 앞으로 나서며 불만을 제기했다.

"당신, 배우 몸에 무슨 짓이야? 이런 식의 훈련은……."

턱.

다니엘 루즈는 말을 더 잇지 못했다.

릭 알렉산더가 발을 걸어 그를 밀쳐 넘어뜨린 뒤, 목에 칼을 가져다 댄 것이다.

"훈련받을 때도 부상 위험은 감수했을 것 아닙니까? 앞으로도 쭉 써먹을 완벽한 액션을 공짜로 가르쳐 드릴 테니 모두 제 지도에 따르십시오. 다 같이 덤비지 않으면 지금처럼 의미 없는 구타를 계속 당할 겁니다."

가장 먼저 주어진 상황에 수긍한 건 리나 프라다였다. 그녀는 다니엘 루즈를 일으켜 세우며 에릭 존슨에게 말했다.

"포위해서 공격하죠."

리나 프라다는 액션 연기에 재미를 붙이고 있었다. 다니엘 루즈와 에릭 존슨은 엉덩방아를 찧었지만 얼굴을 찌푸리는 것은 그때뿐, 별로 고통스러워하지 않았다.

본인들은 실전처럼 마음껏 싸울 수 있는데, 상대는 이쪽의 부상까지 고려해 주고 있다.

'실력 있는 무술감독이야. 지금 많이 배워둬야 돼.'

리나 프라다가 나서자 다니엘 루즈와 에릭 존슨도 더 이상 빼지 못했다. 그녀에 비해 상대적으로 겁쟁이가 되는 기분이 들었을뿐더러, 적어도 액션 연기에서만큼은 여배우에게 밀리고 싶지 않았던 것이다.

"그럼, 공격합니다!"

다니엘 루즈가 검을 휘두르기 무섭게 다른 배우들도 공격했지만, 이내 도로 백사장에 눕는 신세가 되고 말았다.

"빌어먹을."

다니엘 루즈가 중얼거리자 릭 알렉산더가 조언했다.

"자신보다 강한 상대에게 친절하게 '공격한다!' 알려주고 검을 휘두릅니까?"

"하긴."

리나는 피식 웃었다. 그녀는 지금 상황이 즐거웠다. 액션 자체의 재미는 차치하더라도, 제대로 된 액션 연기를 배울 절호의 기회인 것이다. 확실히 릭 알렉산더는 다른 무술감독들보다 훨씬 능숙하게 그들을 다루고 있었다.

한편 이들을 지켜보던 지호는 갈 길이 멀다는 사실을 절감했다.

'배우들이 무술감독 수준의 액션을 보여주려면 아직 멀었어.'

분명 배우들의 연기만 봤을 땐 감탄이 절로 나왔는데, 그들을 손쉽게 제압하는 릭 알렉산더의 무술을 보자 방금 전에 감탄했던 배우들의 연기가 시시하게 느껴졌다.

지호는 짧은 액션 씬 속에서도 지금까지완 격이 다른 뭔가를 만들어 내고 싶었다. 영상미부터 시작해서 다른 영화와 궤를 달리할 영화의 액션이 시시하게 나오면 상대적 실망감은 더 클 수밖에 없다. 계속해 욕심을 부리는 자신의 모습을 떠올린 그는 쓴웃음이 나왔다.

'매 순간이 마지막인 것처럼 임하라. 그런데 난……'

시력을 잃을지도 모른다는 불안감에 사로잡혀 마지막 작품이 될 수도 있겠다는 생각을 하다 보니 더 세심하지고, 더 열정적이 되었다. 그리고 새삼 스스로에게 만족하고 안주했던 자신이 부질없이 느껴졌다.

'세상은 완벽할 수 없기에 아름답다. 영화도 그렇다. 무궁무진한 예술이야.'

지금은 최선을 다하고 있을 뿐, 사실상 아무리 욕심을 부려도 배우들의 무술 수준을 단시간에 릭 알렉산더와 비등하게 만드는 건 불가능하다. 그렇다면 어차피 카메라와 편집을 첨가해 미적 상승효과를 노려야 한다.

여기까지 생각한 지호가 지혜에게 물었다.

"배우들의 무술 실력이 늘면 분명 차이가 있겠죠?"

헛수고를 하는 건 아닌지 묻는 것이다.

그러나 지혜는 위로하지 않고 진실을 말했다.

"모르지… 세상에는 노력만으로 안 되는 일도 있어. 내가 아무리 노력한다 해도 네 발상, 시나리오, 연출력을 뛰어넘을 수 있을까? 난 아니라고 생각하지만, 그렇다고 해서 최고의 영화를 만드는 걸 포기하진 않아. 내가 만들 수 있는 최선을 만들 뿐이지. 완벽을 추구하며……. 너도 마찬가지 아니야? 결과를 알고 하는 도전이 무슨 재미야."

그 말에 동감한 지호는 피식 웃었다.

"그건 그렇죠… 그래도 저는 배우들의 무술 실력을 최고조로 끌어올릴 거예요. 우린 그 무술을 가장 잘 살릴 수 있는 방법을 고안해 내야겠죠. 그들의 동선과 카메라의 구도를 면밀히 체크하고, 굴렀으면 구른 방향까지 고려해 상처 분장을 하고, 쓰러진 적들 중 죽지 않은 놈들은 일어나 다시 달려드는 등 사실적인 연출을 할 거예요. 우리가 내용의 판타지를 추구한다면 이를 요리하는 도구들은 가장 환상적인 실제를 표현했으면 해요. 그래서 실제 풍경을 가져다 자연광으로 촬영하는 거고요."

지혜가 짐짓 한숨을 쉬며 답했다.

"늘 어려운 과제만 주시네. 저기 배우들도 곧 내 신세가 되겠지?"

"그렇게 말씀하셔도 항상 제 기대 이상의 성과를 보여주시잖아요. 우리 배우들도 반드시 잘 해낼 거예요. 한 배에 탄 이상, 배우들이 포기하지 않는 한 끝까지 믿고 갑니다."

한국 촬영 때와 변함없는 지호의 모습에 지혜는 헛웃음을 터뜨렸다.

"사람이 이렇게 한결같기도 힘든데. 나쁘게 말하면 고집이고 좋게 말하면 뚝심이지만… 그래도 캐릭터 하나는 확실해서 헷갈리지 않고 따를 수 있는 것 같아. 참 많은 사람들이 이랬다저랬다, 자기 자신도 감당을 못하는데."

"칭찬 감사해요."

지호는 빙그레 웃으며 배우들을 쭉 응시했다. 어쩌면 불가능하다고 생각한 일들도 가능하지 않을까. 믿음과 열정을 잃는 사람들은 간혹 모두가 불가능이라고 생각했던 일들을 해내곤 하니까. 그리고 이 자리에 모인 모두는 그런 시련 앞에서 희망을 지켜낸 경험이 있는 사람들이었다.

퍼억!

순간 다니엘 루즈와 에릭 존슨의 희생으로 방심했던 릭 알렉산더가 리나 프라다의 기습 공격을 받고 쓰러지는 모습이 지호의 시야에 들어왔다.

불가능은 언제나 가능성을 내포한다.

'해낼 수 있을지도.'

그들은 훌륭한 재능과 집념을 가졌다.

지호는 배우들을 통해 완벽으로 한 발 다가가는 희망을 보았다. 이제는 자신이 배우들에게 화답할 차례였다.

무술 연습을 시작한 그날로부터 배우들은 매일같이 무술감독 릭 알렉산더와 어울렸다.

한편 릭 알렉산더는 매일 저녁 지호에게 배우들의 성과를 보고하고 보다 자연스러운 액션 씬에 대해 논의했다.

지호는 카메라 구도 하나를 정할 때에도 그의 의견을 많이 반영했다.

"이건 지난번 작업했을 때 봤던 구도인데……."

할리우드 톱 디렉터들과 작업한 적이 여러 차례 있는 릭 알렉산더의 조언은 지호에게도 많은 도움이 되었다. 중세풍의 액션에 미숙했기에 더더욱 그랬다.

저녁 시간에 릭 알렉산더가 왔다 가면, 곧이어 미술감독이 등장했다. 중세풍 영화를 여러 연출팀과 함께 촬영해 본 경험이 있는 그녀는 의상부터 소소한 소품까지, 지호 혼자였다면 알 수 없었을 디테일을 가미해 주었다.

"우리가 만드는 건 판타지 영화이지만 문화나 배경이 중세풍 느낌을 주기 때문에 관객들은 실제 그 시대의 역사적인 고증을 적용할 수 있어요. 무기나 갑옷의 무늬 하나까지도 허투루 생각하면 안 되죠."

지호는 고개를 끄덕였다.

"모든 것에는 이유가 있다."

영화에서 일어나는 모든 사건에는 이유가 있다.

마찬가지로, 감독들은 영화에서 등장하는 모든 소품과 배역의 이름 하나조차도 의미를 부여하곤 한다.

그 말뜻을 알아챈 미술감독은 빙그레 웃으며 답했다.

"바로 그거예요. 감독님이 디테일에 신경을 쓰신다는 소문이 파다해서 조금 깐깐하게 말씀드릴 테니 예산에 문제가 생긴다거나 하면 말씀해 주세요. 갑옷이나 소품들도 품질에 따라 천지차이거든요."

"그거 겁나는데요."

지호는 엄살을 떨면서도 그녀의 말을 일일이 메모해가며 주의 깊게 들었다. 그녀가 나가면, 그는 총괄 프로듀서답게 워너브라더스 담당자에게 물어 예산 현황을 체크했다.

수시로 변동되는 예산을 모두 머리에 담고 있을 순 없는 노릇이었기 때문에 반드시 도움이 필요했던 것이다.

"후."

새벽 두 시가 다 되갈 때쯤 지호의 일과가 끝났다. 그는 샤워를 하고 세 시쯤 누워 잠이 들었고, 다음 날 여섯 시경에 일어나 이미 나와 있는 각본을 처음부터 끝까지 훑었다. 그러다 보면 반드시 퇴고하고 싶은 부분이 생기곤 하는데, 지호는 이를 모조리 적어 놨다.

크랭크인 당일, 양손에 커피를 든 채 방문을 열고 들어온 지혜가 빼곡한 메모장을 힐끔 보며 물었다.

"오늘도 한 가득이네?"

"오늘부턴 줄어들 거예요."

간단히 대답한 지호는 외투를 걸치고 커피를 받았다.

"가시죠."

"그러시죠, 감독님."

씨익 웃은 지혜가 문을 열어주었다.

두 사람은 호텔을 나가 미리 장비를 싣고 있던 스태프들과 인사를 나눈 뒤, 차에 탔다.

운전을 맡은 워너 브라더스 담당자가 뒤돌아보며 말했다.

"크랭크인 날이네요. 첫 촬영 축하드립니다."

"고마워요."

답례한 지호는 웃음이 나왔다. 워너 브라더스에서 굳이 사람을 내보낸 건 본사와의 연결책이자 조력자를 붙여주기 위해서만은 아니었다. 본연의 임무에 충실하되 감시역 역할도 함께 겸하고 있는 것이다.

'내 행보가 실시간으로 보고되겠지.'

건강 상태도 함께 전해질 터.

굳이 의식하면 부담스러운 일이었지만, 지호는 크게 신경 쓰지 않고 창문으로 시선을 돌렸다. 어차피 영화 현장은 배급사나 제작사측 사람들이 상주하거나 종종 찾아오기 때문이다.

부우웅.

이내 차가 출발했다.

촬영 현장 인근 호텔에서 묵고 있었기에, 목적지까진 삼십 분 정도가 소요됐다.

이동하는 동안 차 안에서 스케줄 표를 체크하던 지혜가 불쑥 말했다.

"섬 촬영이 가장 걱정이에요."

일주일 정도 섬에 들어가서 촬영하는 장면들이 있었다.

당연히 섬 촬영은 먹고 자는 시설도 만족스럽지 못할뿐더러, 체력적으로도 훨씬 고생스럽다.

아니나 다를까, 그녀는 말을 이었다.

"괜찮은 숙소를 얻는 것도 실패했고, 기후도 불안정해요. 계속 바다 건너 이동해야 해서 일정이 빡빡한 상태라 날씨의 영향을 받으면 여러모로 스트레스가 과중될 수 있어요. 스태프들은 그렇다 치고 배우들 사이에서 불만이 나올 수도 있고요."

"뭐, 어쩔 수 없죠. 미리 걱정해 봐야 어차피 부딪혀야 할 문제잖아요. 만약 배우들이 매일같이 섬을 들락날락할 때마다 헬기를 제공해 달라는 요청을 하더라도 받아들일 수 없어요."

지호는 지혜가 말을 꺼낸 이유를 간파하고 답변했다.

그에 지혜가 걱정스러운 얼굴로 되물었다.

"정말요? 대부분의 감독들은 배우가 요청하면 들어줄 거예요. 특히 우리 주연 정도의 특급 배우들의 요청이라면 반드시."

"스태프들은 장비 때문에라도 섬을 오가지 못하죠. 그렇다면 배우들도 오갈 수 없어요. 배우들 중 누군가 스케줄 표를 보고 은근히 물었나본데, 그렇게 전해주세요. 이 문제는 양보할 생각이 없습니다."

지혜는 순순이 고개를 끄덕였다.

"그렇게 하죠. 예상은 했어요."

지호는 각자의 일에 몰입하고 집중할 수 있도록 배우들을 배려했지만, 스태프들과 차별하진 않았다. 다른 감독들과 가장 다른 점도 이 부분이었다.

동시에 지혜는 그 점이 걱정됐다.

'지금까진 별문제가 없었지만……'

이번에는 급이 다른 배우들과 함께하는 작품이었다. 더구나 스케줄은 지금껏 제작된 어떤 작품보다 힘들 거라고 자부할 수 있었다.

'뭐, 될 대로 되겠지.'

지혜는 특유의 낙천적인 성격답게 지호를 믿고 말았다.

두 사람이 이러한 대화를 나누는 사이, 그들이 탄 차는 촬영 현장에 도착했다.

문을 열고 내린 지호는 땅에 발을 딛기 무섭게 지혜에게 말했다.

"스태프들이랑 배우들 도착하기 전에 현장 좀 돌아보죠."

"알겠어요."

그들이 현장을 한 바퀴 돌아보고 왔을 땐 한가했던 공터가 붐비고 있었다. 스태프들은 장비를 내리고 있었고, 배우들은 한쪽에 앉아 대본 연습에 집중하고 있었다.

그 몰입을 깬 것은 바로 지호였다. 그가 등장하자 스태프들이 고개를 돌리며 인사를 건넸고, 배우들이 벌떡 일어나 인사를 했다.

"감독님."

"감독님, 나오셨습니까?"

"좋은 아침이에요. 감독님."

미소 지으며 주연배우들과 한두 마디 주고받은 지호는 다음으로 조연이나 단역배우들과도 똑같이 인사를 나눴다. 그가 할리우드 현장에 온 뒤로 가장 마음에 들었던 부분이 이런 점이었다.

촬영이 시작되면 감독은 어쩔 수 없이 화면에 나오는 사람들과 말을 섞게 되지만, 할리우드 감독들은 촬영 전 배역에 차이 없이 모든 배우들과 반갑게 인사를 나누곤 했다. 반면 한국의 영화 현장은 단역이나 보조 출연자들이 느끼기에 얼음장처럼 차가울 수밖에 없다. 감독은 그들과 한마디도 말을 섞지 않고, 심지어 스태프들조차 연차별로 계층을 이루고 있기 때문이다. 그건 나름대로 부드러운 편인 유태일 감독의 현장도 마찬가지였다.

'허세가 현장 분위기를 딱딱하게 만드니 연기도 자연스럽지 못한 거지.'

지호는 그렇게 생각했다.

때로는 그러한 분위기가 최고의 영화를 만들려고 모인 사람들 같지 않고, 어떤 대우를 받기 위해 모여든 사람들 같은 느낌을 줄 때마저 있었다. 그런데도 정작 선을 긋고 계층을 만드는 당사자들은 딱딱한 분위기가 영화의 완성도에 크게 기여한다는 착각을 했다.

그래서 배우들도 몇 차례 조단역 출연을 하다 보면 유학파 감독들에게 선입견을 갖게 되고, 그들과 작업하는 것을 선호하게 된다. 확실히 보고 큰 대로 행동하기 때문이다.

"오늘 좋은 연기 부탁드립니다."

지호는 분장을 받고 있는 조단역 배우들과 악수를 나누며 말했다.

이런 상황이 익숙한 듯, 그들 역시 감독에게 위축되지 않고 편안한 미소를 지으며 대답했다.

"우릴 당해내려면 주연배우들 긴장 좀 해야 될 겁니다."

"우린 무시무시한 언데드들이니까요. 흐흐."

짓궂은 장난을 치기도 했다.

유쾌한 모습에 덩달아 기분이 좋아진 지호는 자리로 돌아가 지혜에게 물었다.

"현장 분위기가 많이 다르지 않아요?"

"얘긴 들어왔는데, 확실히 그러네요."

그래도 한국에서 몇 차례 다른 연출부에서 일해본 경험이 있는 지혜가 덧붙였다.

"제가 전에 작업했던 유명 감독 아무개 씨는 배우들이 본인을 떠받들고 무서워하는 걸 즐기는 것 같더라고요. 전 그런 게 이해가 되지 않았거든요? 그래서 드디어 정상적인 현장을 만난 기분이에요."

지호는 고개를 끄덕였다. 〈투데이〉 때부터 한국과 다른 현장 분위기를 느껴왔던 그는 지혜에게도 자신이 본 것들을 말해주었다.

"저들은 감독은 감독의 일을 하고, 자신들은 자신들의 일을 한다고 생각해요. 저들이 촬영 현장에서 감독의 지시에 따르는 건 그 역시 자신들의 일에 포함되기 때문이죠. 때때로 뭔가 이상하다는 생각이 들면, 거리낌 없이 감독에게 조언을 하기도 합니다."

"상상도 못할 일인데."

"그렇죠. 하지만 그렇다고 아무 때나 편하게 자신의 의견을 주장하진 않아요. 자신의 생각에 연출에 방해가 되지 않는 선에서 주장하는 것뿐이죠."

"이상적인 현장이네요."

지혜의 대답을 들은 지호가 빙그레 웃으며 말을 이었다.

"이제부터 그러한 문화 차이가 어떤 결과를 만들어내는지 볼 수 있을 거예요. 우리가 외화를 보다 보면 정말 주연부터 엑스트라까지 연기를 똑같이 잘한다고 느낄 때가 있죠? 그건 연기력이 아닌 열정에서 나오는 겁니다."

주연배우들은 긴 대사를 소화하지만 조연이나 단역들은 대부분 행동 연기 위주였다. 그렇기 때문에 기꺼이 몸을 던져 연기할 마음만 들면 충분히 멋진 연기를 보여줄 수가 있는 것이다.

반면 한국의 영화 현장에서 조단역 배우들은 그러한 열정을 가지고 있지 않다. 보수를 떠나 대우에서 그런 열정을 투자할 마음이 들지 않기 때문이다.

'좋은 점은 배워야지.'

지호는 한 명의 한국인 영화감독으로 한국 영화계가 시장의 규모만 넓어지는 것이 아닌, 문화적으로도 발전하길 바라고 있었다. 그리고 오늘의 경험을 바탕으로 동료 감독인 지혜 역시 후일 자신이 만들 영화에서 한국 영화계의 문화 발전에 앞장서 주길 바라고 있었다.

생각에 잠겨 있는 그녀를 보던 지호는 고개를 돌리며 스태프들과 배우들을 향해 외쳤다.

"촬영 들어가겠습니다! 준비해 주세요!"

Chapter 8
감독과 배우II

현장에 카메라가 들어갔다. 미리 구도를 봐둔 대로 카메라가 배치되었기에, 고민할 필요가 없어 준비 시간이 단축됐다.

머리를 싸맨 건 조명팀이었다. 자연광은 시시때때로 변하기 때문에 미리 고려할 수 있는 부분이 아니었고, 오직 배우와 카메라 구도를 보며 조도와 명도를 맞춰야 했던 것이다.

"미치겠네."

조명감독은 머리를 긁적였다.

실제 자연광 촬영을 했던 이들의 도움을 받아놓고도 확신이 서질 않았던 것이다.

'나 원, 이런 식으로 촬영해 본 적이 있어야지.'

잘 나올지 알 수가 없었다. 만약 잘 안 나오면 모든 게 완벽한 장면을 가지고도 조명 때문에 재촬영에 들어가야 하는 낭패를 볼 수가 있었다. 그리고 배우의 연기나 카메라 구도야 미리 충분한 준비를 해둔 상황이니, 자연광 촬영이 생소한 조명에서 문제가 생길 확률이 가장 컸다.

카메라에서 오케이 사인이 떨어졌고, 의상팀도 자신의 몫이 끝났다. 따라서 분장과 의상을 갖춘 배우들도 연기를 시작할 준비를 마쳤다.

아직 미비된 이들은 조명팀뿐이었다.

지호는 조명감독에게 다가가 말했다.

"너무 어렵게 생각하지 마세요."

그는 해가 떠 있는 방향을 일별한 뒤 말을 이었다.

"반사판만으로 조율이 힘들다는 건 모두가 알고 있는 사실입니다. 부담 갖지 마시고, 햇빛이 조명이라고 생각하고 편하게 진행하시면 됩니다. 어차피 제가 모니터링하고 있으니까 문제가 있으면 말씀드리죠. 그때 다시 바꿔보면 되잖아요? 안되면 될 때까지 각도를 조정해 보면 되고요."

지호는 조명감독의 고민을 정확히 간파하고 있었다. 조명팀 때문에 촬영이 지체된다면 자존심이 상하는 일이었던 것이다. 각 팀이 서로 피해를 주면 안 된다는 생각과 동시에 은근한 경쟁 심리가 적용하고 있었다.

조명감독은 입을 달싹거리더니 어렵사리 대답했다.

"그게… 웬만하면 반복 촬영을 해보기 전에 모두 정한 다음 들어가고 싶습니다. 짐이 되고 싶진 않아요."

"스태프들 끼리 아직 서로 불편한 사이란 것 정도는 저도 알고 있습니다. 하지만 누군가는 시작해야 돼요. 서로를 이해할 계기를 만들어야 한다는 의미입니다."

편안한 미소를 띤 지호가 덧붙였다.

"쉽게 생각해서, 학교 다닐 때 친구들과 어떤 계기로 친해졌죠? 대부분 연필을 빌리거나 모르는 내용을 묻거나 먼저 호의를 베풀며 우정이 시작됐을 겁니다. 짐이 된다고 생각하지 마세요. 어차피 촬영하는 동안 모든 팀은 서로에게 의지하게 될 겁니다. 그때마다 일일이 신세진다고 계산하기 시작하면 끝도 없어요. 그렇게 되면 서로 서운함을 가질 수 있고, 불만이 나오기 시작할 겁니다."

각 팀이 융화되지 않고 서로의 일을 분리해서 생각하게 되면 유치해질 터였다. 지호는 이 점을 걱정했고, 조명감독 역시 그 말뜻을 어렵지 않게 알아들었다.

"자유롭게 할 일을 하라는 말씀이시군요."

"몇 번이든 상관없습니다. 좋은 장면을 만들기 위해선 시행착오가 필요한 법이에요. 부담 갖지 말고 당당하게 임하십시오.”

“…….”

조명감독은 지호의 침착하지만 강인한 어조가 인상 깊었다. 많은 명감독들에게 같은 느낌을 받았지만, 20대 초반에 불과한 상대에게 이런 느낌을 갖는 건 처음이었다.

'벌써… 확고한 주관이 서 있군.'

이글이글 타오르는 시선으로 조명감독을 응시하던 지호는 살짝 고개를 숙여 보이곤 자신의 자리로 돌아갔다.

모니터 앞에 앉은 그는 확성기를 들고 말했다.

“촬영 시작하겠습니다. 모두 위치해 주세요. 카메라 세팅됐나요?”

“준비됐습니다!”

직접적인 카메라 무빙을 하며 포커스를 촬영하게 될 A, B, C 카메라 스태프들이 말했다. 그 외에도 숲 전체에 여러 대의 카메라가 부착돼 있었고, 하늘에는 플라잉캠이 날고 있었다. 전투 씬을 롱 테이크로 길고 실감나게 촬영하기 위한 안배였다.

고개를 끄덕인 지호가 이어 배우들에게 물었다.

“배우들, 준비됐으면 슛 들어갑니다. 카메라 롤.”

카메라가 돌아가고, 지호가 이어 신호를 보냈다.

“레디, 액션!”

"38―1―1!"

숫자를 외치며 슬레이트를 내린 스태프가 현장에서 빠지자 배우들이 움직이기 시작했다.

본래 얼굴을 알아볼 수 없을 정도로 사실적인 분장을 한 스태프들은 보기만 해도 섬뜩한 모습으로 괴성을 터뜨리며 기괴하게 움직였다.

"그오오오!"

"크르르르!"

지호 곁에서 그들을 지켜보던 지혜는 입을 가리고 웃음을 참았다.

'완전 열심히들 하잖아?'

표정 하나도 정말 리얼하다.

누가 보면 주연배우 뺨칠 열정과 실력이다.

물론 이미 촬영임을 알고 있는 지혜가 보기에는 우스꽝스러웠다. 한편 모니터를 보고 있던 지호가 씨익 웃으며 그녀를 바라보았다.

"제가 말했죠?"

"할리우드에서 오디션 보긴 정말 힘들겠어. 잘생기고 연기 잘하는 사람들이 깔렸는데 무슨 기준으로 뽑는 거지?"

오늘 참여한 좀비들만 해도 연기력이 무시무시했다.

그러나 지호는 어깨를 으쓱이며 의문점을 해소해 줬다.

"열정만으로 되는 연기와 대사 연기는 또 다르니까요. 하지만 더 뽑기 힘든 건 사실인 것 같아요. 일단 보시죠."

그 말에 지혜는 우측에 있는 여러 대의 모니터로 시선을 돌렸다.

플라잉캠이 북향으로 움직이며 전투 장면을 담고 있었고, 숲에 달린 카메라들은 조연들의 전투를 지나가듯 찍어냈다. 마지막으로 A, B, C 카메라는 핸드헬드로 움직이며 주연배우들의 전투를 따라갔다.

오늘의 전투 씬을 위해 온몸을 바쳐 연습한 주연배우들은 화려한 액션 씬을 선보였다. 미리 그들과 합을 맞춘 무술 연기자들이 언데드로 분하여 우후죽순 쓰러졌다.

"열여섯, 열일곱!"

다니엘 루즈는 숫자를 세며 좀비들을 베어 넘겼다. 그는 전투 와중에도 두 눈을 번뜩이며 도발적으로 외쳤다.

"어이! 왜 그렇게 힘을 못 써? 나한테 덤볐을 때만큼 열의를 보이라고!"

조롱 섞인 격려를 받은 에릭 존슨은 피식 웃으며 들고 있던 창을 사납게 집어 던졌다. 그러자 호구를 입고 창을 맞은 무술 연기자가 붕 떠서 쓰러졌다.

"열일곱? 네놈 같은 뺀질이한테 질 수 없지!"

에릭 존슨은 분주하게 움직이며 자신을 덮치는 상대들을

베어 넘겼다.

물론 이 둘의 연기는 무술 연기자들의 몫이 절반 이상이었다. 달려들고 쓰러지는 건 모두 무술 연기자들의 액션이었다. 그러나 분명한 건 주연배우들 역시 화려한 액션을 보이고 있다는 것이었고, 그들이 연습한 시간들이 헛되지 않았다는 점이었다.

모니터로 이들을 보고 있던 지호는 썩 만족한 미소를 그렸다. 카메라 스태프들은 적절한 움직임으로 핸드헬드 기법을 소화하고 있었다.

"직접 카메라를 안 잡아도 되겠어요."

그 말에 지혜는 헛웃음을 터뜨렸다.

"무슨 소릴? 카메라 스태프들한테 동선 체크해 주고 직접 움직이면서 보면서 코칭까지 해줬으니 그럴 수밖에 없지. 어째 이번에는 유독 더 치밀하게 구는 것 같아."

"보기 안 좋아요?"

지호가 대뜸 묻자 그녀는 고개를 저었다.

"아니. 좋으면 좋았지, 나쁠 건 없지만……."

지혜는 끝을 흐렸다. 마지막인 것처럼 심지까지 불태우려는 불안감이 든다는 것만은 차마 입 밖으로 내지 못했다.

'쓸데없는 생각. 촬영에만 집중하자.'

그녀는 머리를 털며 모니터에 집중했다.

반면 그 모습을 보던 지호는 씁쓸한 미소를 지었다.

'진작 이번 영화 같은 디테일을 가미했다면 좋았을 텐데.'

하지만 후회는 아무리 빨라도 늦는 법. 지금 할 수 있는 최선은 얼마의 시간이 주어졌던 앞으로 더욱 세심하게 촬영하는 것뿐이었다.

그때 불현듯 그의 시야에 어색한 부분이 잡혔다.

"음?"

언데드들의 입김이 눈에 들어온 것이다.

지호의 표정을 본 지혜가 물었다.

"왜?"

"입김이 나요."

지호는 미간을 찌푸린 채 말을 이었다.

"분명 스노우쿨링을 착용시켜서 입김을 없애라고 지시했는데……."

"아! 그건 내가 설명할게."

지혜가 이 부분에 대한 설명을 했다.

"스노우쿨링을 착용하려 했는데 배우들이 반발했어. 불편한 건 둘째 치고 오히려 그편이 더 부자연스러울 수 있다고. 아무리 분장으로 감춘다 해도 말이야."

"그건 그럴 수 있어요. 그래도 죽은 사람한테 입김이 나오는 건 말이 안 되잖아요?"

"모두 모니터링을 해보고 결정한 내용이야. 모니터에서 잘 보이지도 않을뿐더러 배경 자체가 추운 겨울이니 전혀 입김으로 인식되지 않는다고… 관객들도 그렇게 생각하지 않을 거라는 데에 배우들과 스태프들이 만장일치로 동의했어."

"왜 제가 보고를 못 받은 거죠?"

"그건 내 잘못이야."

지혜가 고개를 살짝 숙였다.

"미안해. 내가 정신을 놓고 있는 바람에 누락시켰어."

지호는 그녀를 이해했다. 얼마나 많은 일을 동시에 진행하는데, 충분히 있을 수 있는 실수였다.

지혜는 보통 사람들이라면 진작 떨어져 나갔을 만큼 많은 양의 업무를 밤잠까지 설치며 맡고 있었던 것이다.

"제가 과중한 업무를 부가했으니 탓하고 싶진 않아요. 지금 촬영을 중단하고 이 문제에 대해 충분한 대안을 마련한 뒤 다시 찍겠습니다."

"그럼 모든 스태프들과 배우들이 다시 움직여야 돼. 바뀌는 점이 많을수록 다시 작업해야 하는 반경도 커지겠지. 이건 그대로 가는 게 어때? 정말 아무도 모를 텐데."

그에 지호는 고개를 저었다.

"전 알았잖아요."

"……"

지혜는 할 말을 잃었다. 감독인 지호가 알아챘으니 바꿔야 되겠다는데, 더 말릴 말이 없었던 것이다. 그녀는 나직이 한숨을 내뱉으며 물었다.

"그럼 어쩔 생각이야?"

지호는 입술을 만지작거리며 대뜸 되물었다.

"지금 문득 깨달은 건데 너무 뻔하지 않아요? 물론 원작에 묘사 자체가 좀비로 되어 있긴 했지만, 많은 생존물에서 나왔던 좀비들과 비슷해요. 영화 〈월드워Z〉나 〈나는 전설이다〉, 미드 〈워킹데드〉 같은 느낌이랄까? 이래선 판타지적 신비감이 없잖아요."

"그래서? 후드라도 덮어씌우려고?"

"그것도 나쁘지 않지만 좀 더 공포감을 조성할 만한 분장을 찾는 게 좋겠어요."

"오늘 촬영분을 버리고 얼마 후 다시 바꿔서 찍잔 소리로 들리는데? 내가 잘못 들은 거지?"

"오늘 장면을 모두 버릴 생각은 없지만, 어느 정도 정확히 들으셨어요. 어쨌든 그전에 모두의 동의를 구해야겠지만."

"감독의 권한을 백분 활용해서 강요하지 않는 이상 힘들걸?"

지혜의 반론에도 지호는 망설이지 않고 외쳤다.

"컷! 모두 모이세요! 회의하겠습니다."

"…제가 감독님을 어떻게 말리겠어요."

말투를 바꾼 그녀는 케케묵은 한숨을 쉬었다. 배우들이 가까워질수록 그 심리적 부담은 점점 더해갔다. 진흙투성이의 옷은 군데군데 찢겨나가 있었다. 개중에는 넘어져서 상처를 입은 사람도 보였다.

스태프들이 구급상자를 들고 가서 간단한 소독과 응급처치를 했다. 다행히 부상이라 부르기도 힘들 정도의 상처들뿐이었지만, 한두 사람이 아니다 보니 그마저도 일이었다.

배우들은 스태프들에게 치료를 받으며 추위에 떨며 불가에 둘러서서 화기를 쬐었다.

그중 주연들만 지호에게 다가왔다.

각 분야 감독들도 동석했다.

모두가 모이자 지호는 의자에서 일어나며 입을 열었다.

"연기, 연출 모두 훌륭했습니다. 이 장면을 가져가되 언데드를 나타낼 때 공포감을 심어주고 싶어요. 지금은 너무 빤합니다."

"음. 그건 애매한 문제 같은데요."

휴 브리저가 콧대를 긁적이며 곤란한 듯 답했다.

"공포심을 제대로 심어주려면 생김새가 얼마나 더 끔찍한가에 초점을 두게 되는데, 잔인할수록 관람 등급이 올라갈 거예요."

그때, 잠자코 있던 워너 브라더스 사람이 덧붙였다.

"19세로 가면 절대 4,500억 못 메웁니다. 무조건 적자예요."

하지만 지호의 생각은 그들과 조금 달랐다.

"꼭 시각적인 잔혹성이 있어야만 공포감을 심어줄 수 있는 건 아니라고 봅니다. 언데드는 우리 영화에서 또 하나의 주연이라고 볼 수 있어요. 러닝타임 내내 등장하기 때문에 특별한 느낌을 주고 싶습니다. 좀 더 고민해서 결정하도록 하죠."

배우들과 스태프들이 술렁이기 시작했다.

특히 직접 뛰어다니며 고생한 배우들과 스태프들의 표정은 와락 일그러졌다.

지호는 면전에서 거센 바람이 불어오는 느낌을 받았다. 이는 반발에 부딪힐 것 같다는 예감이었다.

설명을 들은 배우나 스태프들은 이대로 촬영을 접고 돌아가긴 섣부르다고 이의를 제기했다.

"잠시 추위도 피할 겸 회의하시죠."

모두를 대표한 유태일의 제안에 지호는 고개를 저었다.

"우리만 있다면 상관없겠지만 많은 보조 출연자들과 보조 스태프들도 있습니다. 그분들에게 계속 기다리라고 할 수는 없죠."

사실 이건 한국에서 종종 일어나는 상황이었다.

주연급 배우들과 메인 스태프들이 의견을 조율하는 동안

보조 출연자들과 보조 스태프들은 하염없이 기다리는 것.

회의가 길어지면 기다리는 시간도 길어진다. 그러나 지호는 이런 문화를 자신의 영화 현장에 적용할 생각이 없었다. 그는 주위를 돌아보며 말했다.

"일단은 철수하고, 다시 날짜를 잡는 편이 좋겠습니다."

그에 잠자코 있던 다니엘 루즈가 붉힌 얼굴로 입을 열었다.

"이런 식의 스케줄 변동은 납득할 수 없습니다. 감독님이 아무리 배려하는 것처럼 말씀하셔도 결국 독단적인 결정이고 통보 아닙니까?"

"솔직히 좀 그렇긴 합니다."

에릭 존슨도 거부감을 나타냈고, 리나 프라다 역시 이번에는 침묵했다.

잠시 대답을 생각하던 지호가 말했다.

"연출의 실수로 모두가 번거로운 상황에 빠진 건 인정합니다. 하지만 이 실수를 단순한 실수로 남길 것인지, 아니면 전화위복으로 삼을 것인지 우리의 판단으로 결정됩니다. 만약 이대로 촬영을 속개하면 하나의 해프닝이 되겠지만, 우린 죽은 자들의 입에서 입김이 나온다는 찜찜한 오점을 남기게 됩니다. 물론 관객이 모를 수도 있겠지만, 우리는 알고 있어요. 반면 조금 더 고생하는 쪽을 선택해서 일정을 늘린다면 나중에 상영관에 들어가는 발걸음이 더 떳떳하지 않겠습니까? 여기까지가 제 의견입니다."

팔짱을 낀 그가 나지막이 덧붙였다.

"〈마법의 노래〉는 여러분의 영화입니다. 여러분의 필모그래피에 남을 영화이고, 영화를 보는 모든 관객들의 기억 속에 남을 여러분의 모습입니다. 이제 선택은 여러분이 하십시오. 전 다수결에 따르겠습니다."

그렇게 말을 맺은 지호는 자리를 비켜주었다.

그를 따라붙은 지혜가 물어왔다.

"진심이야? 그러다 이대로 만족한다는 결론이 나오면?"

"그럼 어쩔 수 없죠."

지호는 편안한 미소를 지었다.

"제가 유난히 예민한 거라면 제 욕심 채우자고 팀워크를 깰 순 없잖아요. 모든 일에 모두의 동의를 받을 순 없겠지만… 저는 저분들이 영화를 위한 일에는 진심을 다할 사람들이라고 봐요. 오디션에 신중을 기한 것도 그런 이유고요."

"그 믿음은 까다로운 오디션으로부터 나온다?"

"모두에게 인격적으로 다가갈 시간이 없었으니까요."

그는 어깨를 으쓱이며 덧붙였다.

"뭐, 인격적으로 다가간다 해도 상대를 알려면 수십 년의 시간이 걸리겠지만."

자기 자신에 대해서도 온전한 이해를 하기 힘든 게 인간이다. 그러니 애초에 타인의 성격을 완전히 파악한다는 건 불가능했다. 몇몇 상황들에 대처하는 모습을 보며 대충 파악할 뿐.

'끈기 있고 일관성 있는 사람들이길.'

만약 그렇다면 보다 완벽한 영화를 위해 기꺼이 고생을 자처할 것이다.

지호는 그들이 어떤 선택을 하던, 당장의 시련에 흔들리지 말고 영화를 위한 선택을 하길 바라는 마음이었다.

그를 빤히 응시하던 지혜가 고개를 절레절레 저었다.

"알다가도 모르겠네… 강력히 밀어붙이다가도 이럴 땐 물러서고."

"너무 강하면 부러지는 법이죠."

"아슬아슬한 줄타기를 하니까 그렇지. 옆에서 보고 있는 사람은 얼마나 가슴 졸이겠어? 나랑 무관한 일도 아니고, 막말로 영화 엎어지면 그 뒤처리는 연출과 조연출이 전부 떠안는 건데."

"스펙터클해서 지루할 새는 없겠네요. 재밌지 않아요?"

태연한 지호의 말에 그녀가 눈을 흘겼다.

"지루하진 않아."

지호는 피식 웃었다.

한편 배우들과 스태프들은 진지한 표정으로 이야길 나누고 있었다. 그들은 자유롭게 발언하며 논의를 했다. 어느 정도 정리가 되자, 다니엘 루즈가 지호에게 다가왔다.

"감독님."

지호가 고개를 돌려 그를 바라봤다.

다니엘 루즈는 한숨을 내쉬며 말을 이었다.

"감독님이 워낙 찜찜하게 말씀을 하셔서… 불안 요소는 전부 제거하기로 결론을 봤습니다. 의견이 반반으로 갈려서 결정이 애매했는데, 서로 의견의 장단점을 인정하고 있었고, 양보할 준비가 되어 있던 상태라 금방 결론이 났어요."

지호는 고개를 끄덕이며 지혜에게 말했다.

"일거리가 늘었네요."

"그러게요."

말투를 바꾼 지혜가 들고 있던 스케줄 표를 반으로 접으며 덧붙였다.

"스케줄 표는 다시 만들어서 보낼게요. 보조 출연자들 일당은 어떻게 할까요?"

"촬영 일정을 깬 건 우리잖아요. 원래 예정되어 있던 촬영 스케줄로 계산해서 전액 지급해 주세요."

"감독님도 아시겠지만 이번 촬영 때 동원된 보조 출연자들만 삼백 명이 넘어요. 촬영 시간 외 수당까지 지급하면 이후 재촬영 때 그만큼 예산에서 까이는 건 아시죠?"

"물론 알고 있습니다. 그나마 소규모 전투 씬이라 다행이네
요."

지호가 씨익 웃자 지혜는 의문스럽게 물었다.

"정말 계산하고 계신 거 맞아요?"

"계산은 워너 브라더스가 하고 있잖아요. 끝까지 반대하지
않았다는 건 아직 여지가 있다는 뜻이고. 게다가……."

그는 대담하게 덧붙였다.

"우리 스스로도 자부할 만큼 탄탄한 영화라면 후반에 부족
한 제작비 채우는 건 일도 아니라고 생각해요. 완성된 필름까
지만 공개해도 영화가 좋으면 투자자들이 몰려들 걸요? 심지
어 배당금을 줄여도 투자하겠다고 난리일 거예요."

"예산에 대한 자신감이 아니고, 영화에 대한 자신감이다?"

"예산은 감독의 관할이 아니고, 영화는 감독의 관할이니까
요."

지호는 최대한 걱정을 줄였다. 걱정을 하기 시작하면 건강
문제부터 시작해서 수십 가지가 생겨날 것이다. 이러한 것들
을 전부 신경 쓰다 보면 정작 좋은 영화를 만들 수가 없다.

물론 지혜의 눈에 비친 지호는 태평함 그 자체였다. 하지만
본인이 할 일은 잘 수행하고 있으니 탓할 순 없었다. 두통을
느끼는 것은 지혜 자신뿐인 것 같아 억울할 뿐.

"오케이… 일단 감독님 자신감을 믿고 진행할게요."

지호는 씨익 웃으며 고개를 끄덕였다.

"그러세요. 우린 최고의 팀이니까."

*　　　*　　　*

배우들, 스태프들의 반발을 감당하고 스케줄을 변경했다고 해서 끝이 아니었다. 그들의 원망을 피하기 위해선 완벽한 대안을 마련해야 하는 것이다.

'언데드를 어떻게 표현해야 하지?'

지호는 책상에 앉아 이미지들을 살펴보고 있었다. 여러 매체들을 통해 소개되거나 전설로 내려오는 귀신이나 괴물들을 찾아보고, 공포 영화란 공포 영화는 전부 찾았다.

조금 과장하면 눈에 진물이 날 정도로 모니터를 보고 있던 그가 눈을 감았다.

그러자 원색적인 의문이 떠올랐다.

'현대인들이 과연 배우가 분장한 귀신이나 괴물을 두려워할까?'

달랑 괴물만 나온다고 사람들이 공포감에 빠지진 않는다. 단적인 예로 귀신이나 괴물이 나오는 공포 영화를 봐도 일단 스토리를 이용해 관객을 밀어붙인 후, 음향이나 조명, 카메라 워킹을 이용해 긴장감을 한 번에 터뜨린다.

"흠."

한눈에 봐도 공포감을 느낄 수 있는 것?

징그러운 걸 보면 혐오감이 든다.

이는 사람이 느끼는 공포감과 흡사하다.

'하지만 그건 공포가 아니야.'

그 순간 어떤 머릿속에 어떤 이미지가 떠올랐다.

〈배트맨〉 시리즈의 조커, 〈쏘우〉 시리즈의 가면.

'이 역시 본능적인 공포를 자극하진 않아.'

〈마법의 노래〉는 공포 영화가 아니다. 스토리로 관객을 몰아가는 데에는 한계가 있었다. 따라서 그보다 단순하게 원초적인 공포감을 조성해야만 했다.

그때 문이 열리고, 지혜가 들어왔다.

불쑥 지호는 엉뚱한 생각을 했다.

'문을 열었는데 친숙한 누나가 가면을 쓰고 있다거나, 물구나무선 채로 움직인다거나, 광대 분장을 하고 있다면?'

소스라치게 놀랄 것이다.

원초적인 공포심은 의외성과 기괴함에서 나온다.

"관객들을 섬뜩하게 만들어야 돼요."

중얼거린 지호는 자리에서 일어나며 한 자리를 빙글빙글 돌았다. 그리고 잠시 후 대뜸 말했다.

"스토리를 비틀죠."

"응?"

생각을 방해하지 않으려 멀찌감치 소파에 앉아 있던 지혜가 물었다.

"스토리를 비틀자니? 그게 무슨 소리야?"

"너무 평면적이에요. 아무리 생각해도 역시 공포감을 조성하는 건 분장이 아니라고 봐요. 결국 모든 영화의 원칙은 같아요. 공포심도 사건에 의해 자극을 받죠."

맞은편 소파에 앉은 지호가 신들린 것처럼 말을 이었다.

"일행을 숲까지 안내한 단역의 입김을 중간부터 사라지게 만드는 거예요. 그걸 카메라로 잡는 거죠. 눈치 빠른 사람들은 의미를 이해할 수 있겠지만, 눈치 없는 사람들은 '왜 입김이 나지 않지?' 의문을 가질 정도만."

"설마?"

"네, 감염자였던 거예요. 원작에서도 사흘에 걸쳐 감염되는 사람이 나오죠."

"음… 괜찮네. 그리고?"

"원래는 밤에 야영하며 피운 불길을 발견하고 언데드들이 모여들지만, 그건 너무 재미없잖아요. 안내하던 중간부터 입으로 숨을 쉬지 않던 안내자는 기침을 계속하는 등 감염 증세를 보이다가, 불을 피우고 이야기하던 중에 좀비가 되는 거죠. 고개를 숙였다 드는 순간 좀비가 된 상태인 거예요. 일행은 놈을 죽이고 안심합니다. 그리고 고개를 돌렸는데… 이미 언데드들이 코앞까지 접근해 서 있는 거죠."

"확실히 전에 비해 장면이 살겠네. 잘만 만지면 섬뜩하겠어."

"게다가 전투 장면은 대부분 살릴 수 있어요. 먼 곳의 장면은 모두 살릴 수 있고, 근접 촬영한 전투 씬도 주인공의 입김과 섞이는 부분은 그대로 갈 수 있죠."

"그럼 분장은 안 만지는 거야? 촬영 일정을 비튼 것치곤 너무 약한 변화 아닐까? 지난 촬영 분량을 많이 살렸으니 불만을 제기하는 사람은 없겠지만… 기대에 부응하려면 강력한 변화가 필요할 것 같은데."

"인간의 근육 표본. 박물관에서 본 적 있죠?"

"응."

"어땠어요?"

"꿈에 나올까 무섭던데."

대답한 지혜가 물었다.

"설마……?"

"네. 근접 촬영에서 근육 표본 분장을 하면 어떨까 해요."

"심의에 걸리지 않겠어?"

"그럼 박물관도 제한이 있게요? 15세, 받을 수 있어요."

어차피 폭력성이 들어가니 전체 관람가는 불가능했다.

이내 지호가 덧붙였다.

"피만 제거하면 돼요. 어차피 죽은 지 오래된 시체는 혈액이 없잖아요. 언데드의 취지에도 맞아떨어져요."

"진짜 섬뜩하긴 하겠다. 좀비화가 되어가던 상대를 죽이고딱 돌아봤는데, 이미 좀비화가 끝난 근육 표본들 수백 구가서 있다… 오히려 사람들이 혐오감 느끼고 싫어할 수도. 우리영화는 공포 장르가 아니잖아. 그리고 새로 찍을 분량도 두세배는 늘어. 그냥 원래 얘기했던 걸로 가자."

"제가 너무 갔네요. 공포심 조성에만 너무 신경 쓰다 보니… 확실히 분장을 그렇게 하면 혐오감 느끼겠어요. 그럼 스토리만 살짝 비트는 걸로 가죠."

지호는 머쓱하게 웃으며 덧붙였다.

"만약 배우들이나 스태프들이 분장을 바꾸지 않은 걸로 실망한 기색을 나타내면 근육 표본을 보여줘요."

지호와 지혜가 예상했던 대로, 배우와 스태프들은 약간 실망한 듯한 모습을 보였다.

"크게 바뀌는 건 없네요."

"그러게요."

뜨뜻미지근한 반응에 지혜는 근육 표본에 대한 이야길 꺼냈다. 그러자 배우들 역시 그녀가 보였던 태도와 흡사한 반응을 보였다.

"그건 좀……."

"관객들이 거부감을 느낄 텐데… 괜히 욕심 부리지 않는 편이 좋겠어요."

"그전에 말씀하셨던 걸로 가죠."

그들의 대답을 들은 지혜는 피식 웃었다.

'역시 사람 속은 대부분 비슷한가 보네.'

변동 사항이 결정되자 그 후에는 일사천리였다. 모든 장면이 바뀌는 게 아니었기 때문에 준비하고 촬영에 들어가기까지 예상보다 훨씬 적은 시간이 소요됐다.

촬영 당일 아침, 지혜는 지호의 방에 들렀다. 그런데 지호가 심각한 표정으로 침대에 앉아 있었다.

"무슨 일이야?"

지혜의 물음에 지호가 답했다.

"아무래도 조만간 누나가 도와주셔야 할 것 같아요. 세세한 파일은 모두 정리해서 책상 위에 뒀습니다."

아침에 눈을 뜬 지호는 시력이 점점 떨어지고 있음을 느꼈다. 멀게 느껴졌던 불행이 천천히 손을 뻗고 있었다.

이내 마른침을 꼴깍 삼킨 지혜가 조심스레 물었다.

"많이 심각한 거야?"

"아직 다른 감독을 섭외할 정도는 아네요."

지호가 희미한 미소를 그리며 대답을 이어갔다.

"그렇다고 완전 괜찮은 것도 아니고요. 누나한테 항상 도움을 받고 있지만, 이번에는 더 간절히 도움이 필요해요."

"내가 예전에 말했잖아? 동료끼리 미안한 거 없다고. 넌 몸조리나 해. 스케줄은 얼마든 조절할 테니까. 다른 건 어찌어찌 다 해결할 수 있어도, 감독의 부재는 작품의 좌초를 불러와. 알지?"

"명심할게요."

대답한 지호가 몸을 일으켰다.

"일단 서류는 검토해 보시고… 슬슬 출발하시죠."

"그래, 첫 촬영이네."

지혜는 책상 위에 놓인 파일들을 수습한 뒤 따라나섰다.

두 사람은 촬영장으로 이동했다. 배우와 스태프들은 모두 도착해 있었다.

지호를 발견한 스태프가 지호의 등장을 알렸다.

"감독님 오십니다."

그러자 다른 배우와 스태프들이 고개를 숙였다.

"감독님, 좋은 아침이에요."

"좋은 아침입니다!"

"감독님, 어서 오십시오."

환대를 받으며 현장에 들어선 지호가 그들에게 화답하며 자신의 자리로 가서 앉았다. 지호의 곁에 서 있던 지혜가 조마조마한 마음에 그를 바라보았다.

'언제까지 숨길 생각이지?'

다행히 아직까진 배우와 스태프들이 의심할 만한 상황이 연출되진 않았다. 그러나 지호가 시력을 잃거나 다시 쓰러지는 일이 생긴다면, 그땐 문제가 심각해질 터였다. 만일의 상황에 혼란을 최소화시키기 위해선 미리 대비를 해야 하는 것이다.

그러나 지호의 생각은 달랐다.

'나에 대해 알려지면 사기는 물론이고 모두의 컨디션이 떨어질 거야.'

진실도 좋지만 때로는 함구해야 하는 상황도 필요한 법이다. 그렇게 생각한 지호는 확성기에 대고 지시를 내렸다.

"준비됐으면 촬영 시작하겠습니다."

"촬영 시작하겠습니다!"

"배우들 준비해 주세요!"

스태프들이 따라서 외쳤다.

카메라 앞에 선 배우들이 고개를 끄덕이자, 그들을 주시하던 지호가 사인을 내렸다.

"카메라 롤."

카메라가 돌았다.

"레디, 액션!"

악센트를 줘서 액션을 외쳤다. 전투 씬이니 현장 분위기에 맞도록 어조나 음성의 높낮이를 조절하는 것이다.

탁!

카메라 앞에서 슬레이트를 내린 스태프가 외쳤다.

"77—1—1!"

Chapter 9
감독과 배우Ⅲ

배우와 스태프들은 지난번에 촬영했던 뒷부분을 다시 찍었다. 앞부분은 그대로 살리기로 했기 때문이다.

턱을 괴고 모니터를 뚫어져라 보던 지호의 입가에 미소가 걸렸다. 재촬영이라 그런지, 처음에 촬영할 때보다 더욱 자연스러운 장면들이 연출되고 있었다.

'좋아.'

촬영은 롱테이크로 NG없이 쭉 이어졌다.

한참 뒤, 촬영분이 끝나는 시점이 되어서야 지호가 컷 사인을 보냈다.

"컷, 오케이!"

"오케이!"

"오케이입니다!"

스태프들이 반갑게 외쳐댔다.

지호 옆에서 함께 모니터를 지켜보던 지혜가 물었다.

"자리가 좀 잡힌 느낌이지?"

"네, 며칠 전보다 훨씬 좋아졌는데요."

대답한 지호는 눈길을 배우에서 스태프들에게 가져가며 덧붙였다.

"호흡도 들쭉날쭉하지 않아요."

"내가 봐도 괜찮은 판단이었던 것 같아. 역시 신지호야."

"소 뒷걸음치다 쥐 잡은 거죠, 뭐."

빙그레 웃으며 겸손한 대답을 내놓은 지호가 배우들을 불렀다.

"이쪽으로 와서 모니터링해 보세요."

배우들이 다가오자 그는 지난번에 촬영했던 앞부분과 오늘 촬영한 뒷부분을 연이어 재생시켜 보여주었다.

맨 처음 감탄한 것은 에릭 존슨이었다.

"와우. 이건 뭐… 생필름이 그냥 영환데요?"

리나 프라다 역시 고개를 끄덕이며 동의했다.

"자연광을 이용한 연출 방식도 고급스럽고, 카메라 워킹도

안정적이에요. 많은 인원이 동원되어서 그런지 현장감도 충분하고요. 과연 실력자 스태프들이 모이니 뭔가 나오네요."

한편 두 사람과 달리 자신의 모습만을 지켜보던 다니엘 루즈 또한 썩 만족한 기색이었다.

"액션이 멋지군요. 제 모습을 잘 살려주었어요."

그들을 보던 지호는 피식 웃으며 말했다.

"한 가지 빼먹은 게 있는데, 배우들의 연기도 좋았습니다. 여러분의 연기가 없었다면 이런 부드러운 촬영은 불가능했어요. 이제부턴 연출부 몫입니다."

그에 리나 프라다가 특유의 눈부신 미소를 그렸다.

"감독님이라면 백 퍼센트 믿죠."

"편집의 귀재시라고 익히 들었습니다."

에릭 존슨의 말을 다니엘 루즈가 받았다.

"저도 들었습니다. 그래서 배우들의 사랑을 받으신다고."

그들의 기대를 충족시킬 수 있을지 지호는 확신이 가질 않았다. 섬광 기억의 도움을 가장 크게 받은 부분이 편집이었기 때문이다. 섬광 기억 없는 지금… 그 자신도 결과를 장담할 수 없었다.

결국 지호는 머쓱하게 대답했다.

"너무 금칠해 주시면 부담스럽습니다. 결과 나오면 같이 보면서 얘기하시죠."

*   *   *

촬영은 뉴질랜드, 미국, 캐나다 등지에서 이루어졌다. 고된 일정이었던 탓에 배우와 스태프들 모두 피로와의 전투를 해야만 했지만, 촬영 자체는 순조롭게 진행되었다. 지혜가 지난 촬영을 돌아보며 '몸은 피곤했지만 정신은 즐거웠던 촬영'이라고 말하며 배는 부른데 입에서 맛있는 음식을 먹는 기분이라고 비유를 들 정도였다.

지호는 그 비유가 썩 괜찮다고 생각했다. 몸은 힘들다고 적신호를 보내는데 촬영 자체가 너무 즐거워 멈출 수가 없었다. 배우와 스태프들이 하나가 된 것처럼 같은 생각으로 임했다. 그리고 지금, 그들은 마지막 촬영을 앞두고 있었다.

"누나, 스토리 보드 읽어주세요."

지호가 두 사람밖에 듣지 못하는 목소리로 나지막이 속삭였다. 사물을 식별할 수 있어 걷는 건 가능했지만 그림이나 대본을 또렷하게 보기 힘든 지경에 빠져 있었다.

배우와 스태프들은 부축을 받는 그를 보며 우려의 목소리를 냈지만 천만다행으로 본래의 페이스를 잃지는 않았다. 지호의 우려와 달리 오히려 혼신의 힘을 다하는 그의 모습을 보며 감명받고, 열의에 차서 촬영에 뛰어들었던 것이다.

처음에는 촬영을 말렸던 지혜 역시 결국 고집에 못이긴 채 현장에서 도움을 주게 됐다. 그녀의 만류를 뿌리쳤던 건 지호가 울면서 내뱉은 단 한마디였다.

"만약 누나가 시력을 완전히 잃기 직전이고 치료도 받을 수 없는 상황이라면, 마지막으로 하고 싶은 일이 뭐겠어요?"

그 호소력 짙은 질문에 지혜마저 울음을 터뜨리고 말았다. 두 사람은 한참을 부둥켜안고 울었지만, 지금은 아무 일 없었다는 듯 현장에서 자연스레 호흡을 맞추고 있었다.

잠깐 과거 일을 회상하던 지혜가 스토리 보드의 그림과 그에 맞는 대본을 차례로 읊었다.

전부 들은 지호가 끄덕이며 입을 열었다.

"두 번째 대사에선 여배우가 울어야 돼요. 어떻게 우는지 저한테 알려주세요."

"알겠어. 최대한 얘기해 줄게."

대답을 들은 지호는 희미하게 미소 지었다.

"예전에는 대부분의 상황들에서 제가 옳다고 맹신했어요. 그래서 작은 것 하나까지도 제가 확인해야 했죠. 하지만 이젠 타인을 믿고 의지하게 됐어요. 비록 처음에는 어쩔 수 없는 상황이라서 했던 선택이지만… 지금은 결코 혼자선 완벽할 수 없다는 걸 깨달았습니다. 누날 믿어요."

지호는 의외로 동요하는 모습을 보이지 않았다.

더 정확히 말하면 마음 속 깊이 절망감을 묻었다고 하는 편이 옳을 터였다.

그 누구라도 갑작스러운 불행 앞에서 태연할 수는 없다.

다만 배우와 스태프들조차 컨디션을 유지하고 있는 시점에 자신이 흔들리면 안 된다는 강렬한 의지가 그를 지탱해 주고 있는 것이다.

"…그럼, 준비됐으면 촬영 들어가죠."

지호의 말에 따라 지혜가 지시를 내렸다.

한편 사랑하는 사람과 떨어져야만 하는 운명에 처한 캐릭터를 연기해야 하는 리나 프라다는 따로 마음을 다스리지 않았다. 그녀는 며칠째 지호 걱정에 끼니도 제대로 챙기지 못하고 있었다. 단지 현재 배우와 감독으로 현장에서 작업하고 있기 때문에 선을 넘을 수 없었을 뿐이었다. 보는 눈만 없었어도 마음껏 걱정했을 터였다.

'감정을 품는 것까진 괜찮지만… 어떤 방식으로든 이 상태가 진행되면 영화에 지장을 미치게 돼.'

인간 리나 프라다는 갈무리해서 숨겨야 했다. 불행 중 다행은 지호의 상태를 눈치챈 뒤부터 연일 무겁고 슬픈 연기가 지속됐다는 사실이었다. 그녀는 스스로의 감정을 잠깐씩 빌려와서 페이스가 깨지는 것만은 막을 수 있었다.

"촬영 들어갈게요! 레디, 액션!"

지혜의 목소리가 들려왔다.

그 순간부터 참고 참았던 리나 프라다의 눈물이 하염없이 떨어지기 시작했다.

우두커니 서서 서럽게 우는 그녀의 표정은 지켜보는 사람들마저 가슴을 아리게 만들었다.

지호 곁에 있던 지혜가 나지막이 속삭였다.

"이건 여자의 직감인데… 저거 연기 아니야."

"네?"

뜬금없는 소리에 지호가 되물었지만, 지혜는 대답하지 않고 사인을 보냈다.

"컷. 오케이! 좋았어요."

엄지를 세운 그녀가 지호에게 시선을 돌렸다.

"연기는 완벽했어. 누군가를 걱정하며 하염없이 울더라. 세상에서 가장 서러운 사람처럼."

잠시 틈을 둔 그녀가 말을 이었다.

"그리고 내가 보기에 그녀가 걱정하는 건 너일 것 같아. 아니, 확실할 거야. 리나 프라다라는 아름다운 여자의 사랑을 받는데 그녀를 못 봐서야 되겠어?"

"누나, 그게 무슨……."

지호가 황당하게 중얼거리자 지혜가 살짝 웃으며 대답해 주었다.

"사령관이 시력을 잃을 판인데, 그동안 우리가 너무 태연하다고 생각 안 했어? 그동안 배우와 스태프들이 합심해서 네 주치의를 알아봤어. 사공이 많으면 배가 산으로 간다고 해서 세계 최고의 신경외과의와 안과를 골라냈고, 이미 예약까지 해둔 상태야. 그분들도 네 영화 팬이라고 해서 더 수월했던 건 안 비밀. 지호야, 네 눈… 고칠 수 있을 거야."

"……."

지호는 일순 말문이 막혔다.

가슴이 뭉클해서 눈물이 터질 것 같았다.

'나조차 어느 정도 단념했는데…….'

팀원들은 바쁜 중에도 그의 치료를 위해 끊임없이 신경 써주고 있었던 것이다.

지혜는 모니터링하기 위해 다가오는 리나를 응시하며 말을 이었다.

"그중에도 리나는 정말 밤낮으로 알아봤어. 며칠째 잠도 제대로 자지 못한 것 같더라."

"감사합니다."

지호는 고개를 꾸벅 숙이며 인사했다.

리나를 포함한 배우나 스태프들 모두 내색하지 않았기 때문에 꿈에도 몰랐던 사실이다. 그래서 사실을 알게 된 이후에도 일일이 고마운 마음을 전하기가 난감했다.

그 상태로 촬영이 지속됐고, 시간은 번갯불에 콩 볶듯이 순식간에 지나가 버렸다. 마지막 촬영 후에는 배우나 스태프들을 만날 여유조차 없었다. 심지어 귀국도 따로 했다.

이게 바로 예전과 가장 크게 달라진 점이었다.

로스앤젤레스 비행기 안에서 지난 촬영들을 주마등처럼 떠올린 지호는 불쑥 섭섭한 마음이 들었다.

'함께 영화를 만들고, 동고동락하며 힘을 합쳐 불가능할 것만 같았던 촬영을 모두 끝냈는데⋯ 순간의 희열을 나눌 새도 없이 상황이 돌아간다.'

촬영이 생각보다 일찍 끝났는데도 시간에 치였다.

옆에 앉아 있던 지혜가 이륙하기 전 마지막으로 메일을 확인하며 말했다.

"투자자들이 영화를 빨리 보고 싶어 해. 일단 필름 먼저 워너 브라더스 본사로 보내두긴 했지만 돌아가자마자 최대한 빨리 편집 끝내서 투자자 시사회부터 열어야 할 거야."

"터치 많이 들어올 것 같아요?"

"아무래도? 투자 금액이 그니까 까다롭겠지."

"하긴."

지호는 쉽게 납득했다.

그때, 지혜가 말을 이었다.

"문제는 위원회 쪽이야. 할리우드는 캐릭터에 상관없이 무

감독과 배우Ⅲ 217

조건 백인을 캐스팅하는 화이트 워싱(White washing)이 만연하잖아? 감독이라고 다르진 않겠지."

"불공정한 게임이 될 수도 있다, 이거네요."

"네가 할리우드에서 알아주는 거장이라면 영향을 받지 않겠지만… 지금은 우리가 탄 배 자체를 뒤집을 수도 있을 만큼 중요하지. 워너 브라더스에서 최대한 외풍을 막아주긴 하겠지만 한계가 있을 거야. 할리우드에서 입김이 센 대형 영화사들이 가만히 있지 않을 거거든."

"풋내기 동양인 감독이라. 할리우드의 보수적인 백인들에게는 좋은 구실이네요. 하지만 이럴 때를 대비해서 비밀리에 준비한 히든카드가 있죠."

"히든카드?"

지혜가 묻자 지호는 씨익 웃으며 대답했다.

"20세기 폭스에서 이번 영화 자본의 절반을 댔거든요."

"뭐? 메이저 영화사들 간에 협업을 했단 말이야?"

"네, 방패가 두 겹이면 든든하겠죠?"

장난기 가득한 어조에 고개를 절레절레 저은 지혜가 말했다.

"그동안 너랑 좋은 관계를 유지해 왔던 파라마운트는 약 좀 올랐겠네. 사실이 알려지면 그들은 뒤통수 맞은 느낌일 텐데, 괜찮겠어?"

"하이 리스크, 하이 리턴이에요."

간단히 정리한 지호가 설명을 부연했다.

"처음 계약을 제안했을 당시, 워너와 폭스사가 전폭적인 지원을 약속했던 반면 파라마운트는 몸을 사렸죠. 그럼에도 불구하고 한국에서 〈3.8〉 작업할 동안 그들에게 계약에 관한 최우선권을 줬어요. 또 〈스펙터클 어드벤처〉 시리즈의 시나리오까지 넘겼죠. 그것도 아주 빠르게요."

"이제 와서 서운하다고 할 수도 없겠네?"

"두고 봐야 하겠지만 제 생각도 그래요. 시나리오까지 받아놓고 여기서 소인배처럼 굴면 질투심에 눈 먼 것밖에 안 되죠."

"단도리 진짜 깔끔하게 했다."

지혜는 감탄하지 않을 수 없었다.

이번 영화의 조연출로서 짜릿한 기분이 들 지경이었다.

'이정도 준비성이면 위원회라는 큰 산은 넘은 것 같네.'

위원회의 힘이 아무리 세다고 해도 메이저 영화사 두 곳이 참여한 작품을 깔 수도 없는 노릇이었다.

그 순간 기내에서 안내 방송이 흘러나왔다.

—안내 말씀 드립니다. 곧 이륙할 예정이오니 승객 여러분께서는……

　　　　*　　　　*　　　　*

　로스앤젤레스에 내린 지호와 지혜는 쉴 틈 없이 워너 브라더스 측에서 마중 나온 토비 휴스턴을 만났다.

　병세가 악화되어 시야가 흐려진 지호를 본 그가 물었다.

　"감독님, 모두들 걱정하고 있습니다. 건강은 괜찮으십니까?"

　"보시다시피 멀쩡하진 않지만 그래도 아직까지 최악은 아니에요."

　씁쓸한 미소를 지은 토비 휴스턴이 고개를 절레절레 저었다.

　"아무튼 대단하십니다. 결국 촬영을 끝내시다니……. 다들 불가능하지 않겠냐고 했었는데요. 감독님의 눈 치료에 관한 모든 지원은 회사 차원에서 하기로 결론이 났답니다."

　"소속 직원도 아닌데… 감동적이네요."

　배우와 스태프들에 이어 영화사까지 걱정을 해주고 있었다. 그들이 걱정하는 부분이 인간 신지호든, 영화감독 신지호의 가능성이든 고마운 일임에는 변함이 없었다.

　이내 지호와 지혜는 토비 휴스턴의 차를 타고 본사로 이동했다.

　"감독님의 건강이 최우선이라고 하셨습니다. 만약 스케줄이 무리가 될 경우 제게 말씀해 주십시오. 일정은 언제든 조정할 수 있습니다."

그에 지호가 빙그레 웃으며 대답했다.

"지금은 괜찮습니다."

그들이 탄 차는 금세 워너 브라더스 본사 앞에 도착했다.

지호를 부축한 채, 본사에서 직접 마련한 편집실로 들어간 지혜가 눈을 동그랗게 떴다.

"와! 편집실 대박."

"누나 도움이 많이 필요할 거예요."

그렇게 당부한 지호가 손을 더듬으며 의자에 앉았다.

그 모습을 지켜보는 지혜는 마음이 아팠다.

'얼마 전까지만 해도… 현장에서 뛰어 다녔는데.'

카메라 워킹을 하던 모습이 눈에 선했다.

지호는 화려한 테크닉으로 불가능해 보였던 장면도 잡아냈다.

'괜찮아질 거야.'

그렇게 마음을 다잡은 지혜는 밝게 웃으며 물었다.

"그럼 편집 들어가 볼까?"

고개를 끄덕인 지호가 편집 방법에 대해 줄줄이 설명했다.

"지금 제 상태로 디테일한 부분을 잡아내긴 무리에요. 사실 상 편집이 힘들단 뜻이죠. 하지만 아직 귀가 열려 있고, 누나가 제 눈이 되어서 부족해 보이는 점을 잡아내 주시면 충분히 완성도 높은 편집을 마칠 수 있으리라고 생각해요. 촬영 때 편집할 부분이 없도록 최대한 신경 썼으니까요."

말은 그렇게 했지만 답답한 건 어쩔 수 없었다.

지혜가 지금껏 자신이 해왔던 것처럼 감각을 발휘할 수 있을지 불안감도 들었다.

아니, 촬영분조차 머릿속에 그린 장면들처럼 잘 나왔는지 알 수 없었다.

'믿는 수밖에 없어. 이번 촬영 내내 팀원들을 의지했고, 지금도 믿어야 돼. 내가 불안한 마음에 흔들리는 순간 영화도 갈피를 못 잡고 무너질 거야. 최대한 집중하자.'

지금은 청력에 집중하는 것이 편집 과정에서 자신이 할 수 있는 최선이었다. 나머지는 지혜와 함께 해결해야 하는 일이었다.

한편 지호에게 헤드셋을 씌워준 지혜는 바짝 긴장한 얼굴로 마우스를 움직였다.

"시작할게."

딸깍.

영상이 흘러나오기 시작했다.

지호는 미간을 모은 채 헤드셋에 집중했다. 그는 캐릭터들의 음성, 발소리, 테마 음악들로 장면을 그렸다. 그러나 정확한 장면을 볼 수는 없었다.

한 씬이 끝나고 화면을 일시 정지시킨 지혜가 방금 장면에 대해 설명했다.

지호는 그녀의 말을 듣고 퍼즐 조각 맞추듯이 머릿속 상상과 이미지를 부합시켰다. 그리고 어긋난 부분의 사소한 것까지 찾아내 말했다.

"이 장면에서 다니엘이 앞으로 걸어가지 않았어요?"

"아! 잠시만."

지혜는 다니엘 루즈가 우두커니 서서 말하는 장면을 끄고, 천천히 다가가며 대사를 친 컷을 재생했다.

그에 지호가 고개를 끄덕였다.

"맞아… 이거였어요. 누나, 설명해 주세요."

지혜는 해당 장면과 그전에 틀었던 장면의 차이를 상세하게 설명했다. 그러자 지호가 부분적인 점들을 고려해 제안했다. 또 그 의견에 대해 지혜는 자신의 생각을 첨언했다.

이런 짧지 않은 과정을 거쳐 한 장면이 탄생됐다. 이전까지 섬광 기억을 활용해 척척 작업했던 방식에 의하면 한없이 번거로운 작업이었다.

지호는 생전 처음으로 편집의 고통을 느끼고 있었다.

그것도 남들이 겪는 몇 배로.

"후… 좀 쉬다 하죠."

네 시간쯤 지났을 때 지호가 말을 꺼냈다.

겨우 열 개의 씬을 작업한 상태였다.

'이건 너무 더뎌.'

그렇다고 별 다른 수가 있는 것도 아니었다.

그를 빤히 보던 지혜는 안쓰러운 표정을 감추며 고개를 끄덕였다.

"그래, 좀 쉬자. 커피 한 잔 사올 테니까 여기 있어."

그녀는 편집실 문을 열기 전 한 차례 지호를 돌아봤다.

'얼마나 답답할까?'

지혜는 지호의 기분을 상상조차 할 수 없었다.

어느 누군가가 이해한다고 말을 해도, 지호가 느끼는 모든 감정을 이해할 수 없을 것이다.

지혜가 편집실을 나가자 지호는 고개를 들어 천장을 보았다. 아무것도 보이지 않았다.

"병신 새끼."

눈물이 핑 돌았다.

이래선 작업이 힘들었다.

편집감독을 따로 둬서 해결해야 될 판이다.

'여기까지가 내 한계일까?'

인정하고 싶지 않았다. 언제나 불가능은 없다고 생각했지만 이번에는 차원이 달랐다.

절망감에 빠진 사이, 지혜가 커피를 들고 돌아왔다.

"아무래도 오늘 밤새야 할 것 같으니까 마셔. 내가 쏜다!"

지호는 피식 웃었다.

'누나도 날 포기하지 않았는데 내가 흔들리면 어떡해? 정신 바짝 차리자.'

하룻밤을 새는 건 일도 아니었다.

일일이 장면을 분석하려면 사나흘 밤을 새도 모자랄 터였다.

두 사람 모두 짐작하고 있는 사실이었지만, 그럼에도 지혜는 밝게 말했다.

"그래도 좋지 않아? 우리만을 위해 워너 브라더스가 최고의 편집실을 만들어주다니. 편집실 선점하려고 눈치 게임하던 학교 땐 꿈도 꾸지 못한 일이야."

그것도 맞는 말이었다.

지호는 그녀의 긍정적인 기운에 힘입어 가슴을 짓누르던 절망감이 조금 덜어지는 기분이 들었다.

"누난 최고의 동료예요."

"그것 참……."

말끝을 흐린 지혜가 덧붙였다.

"끔찍한 소리네. 이래서 선배들이 내 작품 아니면 적당히 하라고 했나 봐. 너무 사랑받으면 일거리도 그만큼 느니까 말이야. 날 너무 믿어!"

씩씩하게 외친 그녀는 피식 웃으며 지호의 어깨를 툭 쳤다.

"그래도 너처럼 뛰어난 연출과 함께할 수 있어서 많이 배운다, 신지호."

'저도요.'

속으로 대답한 지호는 커피를 홀짝이며 전에 분석했던 장면들을 떠올렸다. 하지만 아무리 머리로 상세하게 그려도 눈으로 보는 것만 못했다.

'나만이 할 수 있는 게 뭐가 있을까?'

시력을 잃은 상태에서 편집하는 자체가 그만이 할 수 있는 발상일 터. 그러나 그 이상의 무언가가 필요했다.

'시력을 잃으면 서서히 청력이 발달한다. 아무쪼록 상상력과 다른 감각들이 늘겠지. 상상력. 상상력이라……'

상상력에 의지해 편집한 작품을 관객들이 본다면 그건 어떤 장면일까?

지혜가 옆에서 오류만 잡아준다면 오히려 다른 쪽으로 감각적일 수 있지 않을까?

이런 의문을 품은 지호가 그녀에게 물었다.

"누나가 보기에도 촬영 때 건진 장면들, 스태프들 모두가 만족할 만큼 좋았어요? 제 기준으로 생각하셨을 때요."

"응, 뭐… 아무거나 써도 되겠다고 했을 정도니까? 별로인 건 NG로 처리해서 지웠고."

대답을 들은 지호는 마침내 결단을 내렸다.

"좋아요. 누나가 카메라 편집을 맡아주세요. 전 나머지에 신경 쓸게요. 중요한 장면 정도만 상의하면 될 것 같아요."

"완벽주의 신지호가… 정말 괜찮겠어? 미련이 남지 않겠느 냔 말이야."

그에 지호가 고개를 끄덕였다.

"누날 믿어요. 누나가 장면을 만져주면, 제가 화면을 빛나게 만들게요."

Chapter 10
기적의 연출 I

지혜에게 영상에 관한 부분을 모두 위임한 지호는 음향과 음악에 집중하며 연상되는 장면들을 이야기했다.

"이 장면에선 여자 주인공이 아련한 눈빛으로 남자 주인공을 바라봤으면 좋겠으며, 남자 주인공의 측면에서 노을이 비쳤으면 좋겠어요."

오로지 청력에 의지해 머릿속에 이미지를 그리는 지호의 말은 추상적일 수밖에 없었지만, 그만큼 이상적인 장면들에 가까웠다.

지혜는 지호의 상상 속에 있는 장면과 가장 흡사한 영상을 골라 편집을 시도했다. 음향과 음악을 듣고 선택한 장면들이니만큼 조화롭게 어우러졌다.

"이렇게 하니까 확실히 작업에 속도가 붙는데?"

지혜는 흥분한 얼굴로 말했다.

답답한 상황을 벗어던진 두 사람은 척하면 척 호흡을 맞추며 편집을 진행했다. 작업하는 내내 지호는 마음 한구석이 따뜻해지는 것을 느꼈다.

'누나가 편집감독 역할을 수행해 줘서 다행이야.'

지금까지 함께한 그녀가 아니면 누구에게도 안심하고 맡기지 못했을 것이다.

그들을 나흘간 두 시간에서 세 시간 정도씩 수면을 취하며 편집을 이어갔다. 밥과 커피를 해결할 때를 제외하곤 편집실에서 한 발자국도 나오지 않는 그들을 보며 워너 브라더스 직원들은 혀를 내둘렀다.

"한국 사람들은 원래 저렇게 지독한가?"

"신 감독님이나 그 여자 조연출이 유독 그런 거 아닐까?"

"하긴… 사람 나름이겠지? 몸도 성치 않은 분이……."

"독종이야, 독종."

별별 말이 다 돌았다.

반면, 정작 지호나 지혜는 작업 방식이 손에 잡히자 그 시간들을 마음껏 즐기고 있었다.

"그래도 결국… 끝이 보이네요."

어조에 아쉬운 기색이 역력했다.

지혜 역시 시원섭섭한 미소를 그리며 대답했다.

"그러게… 이제 관계자들이나 관객 앞에 내놓을 차례야."

지호는 고개를 끄덕였다.

관계자 시사회와 관객이란 산을 연달아 넘어야 했지만 〈마법의 노래〉에 대한 절대적인 믿음이 있으니 크게 걱정하지 않았다. 자신이 눈으로 볼 수 없는 상태에서 작업했다는 불안감은 여전했으나, 팀원들에 대한 믿음이 더 굳게 자리 잡았기 때문이다.

"어떨 것 같아요?"

그가 묻자 지혜는 피식 웃으며 대답했다.

"나한테 확인하면서도 편안해 보이네? 네가 생각한 대로 나왔어. 내가 백 퍼센트 객관적으로 볼 수는 없겠지만… 지금까지의 판타지 영화들과는 색다른 느낌이야. CG없는 광활한 자연, 수많은 이들이 동원된 전쟁 씬, 배우들의 액션 씬까지… 뭐 하나 빠지지 않아. 내용이야 말할 것도 없고… 편집도 훌륭해."

예상했던 대답이었다.

마침내 지호는 편집을 마무리 지었다.

"관계자 시사회 준비해 주세요."

　　　　　　*　　　　　*　　　　　*

　지호는 시사회가 있는 날까지 휴식을 취하며 공허한 기분
에 사로잡혔다. 지호는 예전부터 영화 한 편을 끝낼 때마다
이런 느낌을 받곤 했다. 에너지가 넘치는 환경에서 한참 머물
다가 조용한 일상으로 돌아왔을 때 매너리즘에 빠지는 것은
배우나 감독이나 다를 것 없는 일이었다.

　'이번에는 다른 때보다 더한 것 같네.'

　지호는 영화를 끝낼 때마다 바로바로 시나리오 작업에 착
수하며 그런 매너리즘을 떨쳐왔다. 끊임없이 에너지를 순환시
켜온 것이다. 그러나 지금은 아무것도 할 수 없었다. 물론 병
원을 다니긴 했지만, 그마저도 뚜렷한 치료를 받을 수 없으니
답답했다.

　그동안 많은 사람들에게 둘러싸여 일하며 완화되었던 절망
감이 자연스럽게 밀려왔다.

　지호는 평소 찾지 않던 술을 마셨다. 호텔의 바 테이블에
올라가 있는 술병이 벌써 거의 다 비워져 있었다.

　우연히 근처를 지나다 들린 지혜는 마음이 아팠다. 그러나
목소리에선 티를 내지 않았다.

　"많이 마셨네."

"그래도 다행이에요. 흐릿하게라도 앞이 보여서."

"그럼 술 마시면 안 되지. 병원에서 절대 금주라고 하지 않았어?"

"그러게요."

지호는 술잔을 만지작거리며 말했다.

"근데요… 내일 시사회 때 제 눈으로 영화를 볼 수 없을 것 같아요. 앞이 보이긴 해도 보이지 않는 것과 다름없다는 뜻이죠."

지혜는 오르락내리락 반복하는 지호의 심경 변화를 이해할 수 있었다. 머리로는 긍정적인 마음을 잃지 않으려 하지만 가슴에선 끊임없이 울분과 슬픔이 들끓고 있을 터였다.

나직이 한숨을 내쉰 지호가 말을 이었다.

"제가 뭘 그렇게 잘못했기에 하필 저한테 이런 일이 벌어진 건지 모르겠어요. 이것마저 빼앗기면, 제게 남는 건 아무것도 없어요."

그는 영화를 만들 수 없다면 자신의 가치와 생존의 목적이 사라진다고 생각하고 있었다.

지혜 역시 영화를 만들고 싶어 영화과에 들어갔고, 지금까지 달려온 것이기에 지호의 기분을 어렴풋이나마 짐작했다.

'나였다면 더 절망했을지도… 〈마법의 노래〉를 연출하는 동안 흔들리는 모습을 보이지 않았던 게 기적이지.'

그녀는 지호의 술잔을 빼앗아 마시며 대답했다.

"세상 끝난 사람처럼 왜 이래? 조금만 참으면 시간이 모든 걸 해결해 줄 거야. 네 말대로 시사회 땐 우리 작품을 볼 수 없겠지만, 개봉하게 되면 상영관에서 관객들과 함께 볼 수 있잖아. 그것도 관객의 시선으로 말이야! 감독이 자신이 만든 영화를 관객 시선으로 볼 수 있는 기회가 얼마나 되겠어?"

"그건 근사한 일이겠네요."

지호는 희미한 미소를 그렸다.

'그렇게만 된다면…….'

눈을 치료할 수만 있다면 무슨 일이라도 할 수 있었다. 그에게 시력을 잃는다는 것은 목숨을 잃는 것만큼이나 끔찍한 일이었던 것이다.

지혜는 그의 가슴속에 피어난 긍정의 불씨에 부채질을 했다.

"사람은 정말 망각의 동물인 것 같아. 내가 누리는 모든 것들의 소중함을 잊고 당연하다고 생각하게 되니까. 하지만 불행이 소리 없이 닥쳐오고 나서야 전에 누렸던 것들이 얼마나 소중한 건지 알게 되지… 나부터도 널 보면서 새삼 느끼고 있으니까. 하지만, 내가 보기에 넌 원래부터 그 소중함을 알던 애였어. 그래서 남들보다 더 열정적일 수 있었던 거고. 이런 너한테 시력을 빼앗아 가겠어?"

지혜의 말을 들은 지호는 깊이 묻어뒀던 속마음을 꺼냈다.

"전 어렸을 때 사고로 부모님을 잃었어요. 너무나 행복했던 순간에 닥쳐온 불행이었죠. 그때부터 행복감을 느낄 때마다 늘 불안했어요. 오르막길 끝에는 내리막길이 있듯이 언제 어떤 형태로든 시련이 나타날 수 있다는 생각을 하고 살았죠. 그래서 더더욱 그 순간의 행복을 누리려고 욕심을 냈어요. …그게 화근이 될 줄은 꿈에도 모른 채 말이죠."

잠자코 이야기를 듣던 지혜는 술을 한 모금 들이켠 뒤 대답했다.

"현재 누리는 행복에 감사하다 보면 그게 일상이 되고, 더 큰 행복을 추구하게 되는 건데… 넌 네가 누리는 순간들이 너무 소중해서 그 순간들을 껴안고 놓아주지 않았던 거네."

"아마도 그랬던 것 같아요."

잠시 멍하니 앉아 있던 지호가 일어나며 말했다.

"누나, 늦었는데 어서 들어가세요. 저도 이제 자려고요."

"오케이. 무슨 일 있으면 연락하고!"

두 사람은 같은 호텔에서 묵고 있었기에, 지혜는 너무 걱정하지 않고 자신의 방으로 돌아갔다.

다시 혼자가 된 지호는 휴대폰을 꺼내 음성 인식기에 대고 자신이 쓰고 싶은 내용에 대해 줄줄 읊었다. 그 혼잣말은 시간이 지나자 하나의 시놉시스로 변모했다. 마법같이 스토리를 만들어낼 수 있는 원동력은 무한한 상상력에 있었다. 그의 머릿속에는 평생 동안 끊임없이 만들어도 전부 세상에 내보일 수 없을 만큼 수없이 많은 아이디어들이 들어 있었다.

'누구나 아이디어는 있다.'

그러나 그 아이디어들 대부분을 썩히게 마련이다.

그래도 자신은 인정받는 영화감독으로서 아이디어들을 영상으로 만들고, 세상에 내보일 수 있으니 얼마나 행복한가 하는 생각이 들었다.

"영화사들도, 배우들도 함께 작업하려 해주니 얼마나 고마운 일이야."

지호는 피식 웃었다. 보기에 따라 자신은 복에 겨운 고민을 하는 걸지도 몰랐다. 만약 시력을 완전히 잃는다 해도 뇌만 멀쩡하면 글을 쓸 수 있고, 영화제작도 할 수 있었다.

'호랑이 굴에 들어가도 정신만 바짝 차리면 살아남는다.'

지호는 속담을 되새기며 마음을 단단히 먹었다.

그리고 시력 악화로 인해 얻은 불면증이 무색하게 스르륵 잠에 빠져들었다.

*   *   *

모처럼 푹 잔 지호는 상쾌하게 다음 날을 맞이했다.

관계자 시사회가 있는 날이었다.

시사회 시간은 오후 일곱 시.

그사이 그는 쓰던 글을 일단락하고, 헬스 자전거에 앉아 두 시간 동안 운동을 하고, 호텔 레스토랑에 가서 맛있는 식사도 했다. 그러자 전날의 음주로 떨어졌던 컨디션이 어느 정도 돌아오는 느낌이 들었다.

그때쯤 지혜에게서 전화가 걸려왔다.

"네, 누나."

─워너 브라더스 측에서 차를 보내줬으니까 호텔 후문으로 나와.

"그럴게요. 잠시 뒤에 봬요."

통화를 마친 두 사람은 잠시 후 차 안에서 다시 만났다.

지혜는 드레스를 입었고, 지호 역시 턱시도를 빼입었다.

"멋지네."

"누나도 아름다워요."

서로를 보며 씨익 웃은 그들은 얼마 지나지 않아 워너 브라더스에서 대관한 고급 레스토랑에 도착했다. 관계자 시사회는 파티와 함께 진행될 예정이었다.

턱시도를 입은 토비 휴스턴이 마중 나와 지호와 지혜를 반겼다.

"들어가시죠. 투자자들은 물론, 배우들도 모두 도착해 있습니다. 다들 두 분을 애타게 기다리고 있어요. 그리고 감독님, 투자자들은 감독님의 건강 상태를 모르니 각별히 주의해 주시길 바랍니다."

"물론입니다."

지호는 그새 챙겨온 삼단 지팡이를 좌라락 펼쳤다.

"다리를 좀 다쳤다고 하려고요."

이내 레스토랑 안으로 들어가자 투자자들이 너도나도 인사를 건넸다. 그들은 다리가 다쳤다는 지호를 굳이 의심하지 않았다. 지팡이와 지혜의 도움으로 몸의 균형을 지탱하는 데에 별문제가 없었던 것이다.

한편 지혜를 소개하며 간단한 인사 겸 덕담을 나눈 지호는 배우들이 모여 있는 곳으로 갔다.

배우들은 두 사람을 반겼다.

"감독님, 잘 지내셨습니까?"

"영화 편집이 어떻게 끝났을지 기대됩니다. 하하핫."

에릭 존슨과 다니엘 루즈가 말했다.

한편 리나 프라다는 그들 뒤에서 몸을 숨기고 있었다. 어쩐지 수줍어하는 기색이 역력했다.

그에 지호의 팔짱을 끼고 있던 지혜는 의미심장하게 웃었다.

'여배우가 드레스 입은 모습을 부끄러워한다면 끝났지.'

리나 프라다는 살며시 모습을 드러내며 걱정스레 물었다.

"감독님, 몸은 좀 괜찮으세요?"

녹색 드레스는 그녀의 흰 피부와 잘 어울렸다.

시야가 흐린 지호는 리나 프라다의 아름다운 에메랄드 빛 눈동자를 볼 수 없어 아쉬웠지만, 그녀의 형태만으로도 드러나는 아름다운 자태에 미소 지었다.

"드레스 입은 모습을 자세히 볼 수 없어 아쉬운 것만 빼면 괜찮습니다."

"감독님도 멋지세요."

두 사람의 미묘한 기류에 남자 배우들은 자리를 비켜주었다. 지혜 역시 팔짱을 풀며 리나 프라다에게 그를 인계했다.

"여긴 원래 여배우의 자리죠. 전 파티 좀 즐기고 올게요."

씨익 웃으며 윙크하는 그녀를 보며 리나 프라다는 얼굴을 붉혔다. 그러면서도 거절하진 않는다.

"아, 다녀오세요."

그리고 냉큼 지호의 팔짱을 끼며 장난스럽게 물었다.

"손님, 어디로 안내할까요?"

"바람 좀 쐬고 싶은데요."

"오자마자 나가시려고요?"

지호는 살짝 웃으며 어깨를 으쓱였다.

"인사도 했고… 사람 많은 곳은 영 불편해서."

"좋아요. 그럼 테라스로 가죠!"

두 사람은 테라스로 나갔다.

드레스를 입은 리나 프라다가 쌀쌀한 바람에 몸을 웅크리며 품에 파고들자, 아차 싶은 지호가 겉옷을 벗어서 어깨 위로 덮어주었다.

그러자 리나는 얼굴을 붉혔다.

"괜찮은데… 춥지 않으세요?"

지호는 말없이 고개를 끄덕였다.

시시한 반응에 무심코 고개를 돌리던 리나는 테라스 아래서 사진을 찍고 있는 기자를 발견했다. 그의 카메라 앵글은 두 사람을 향해 있었다. 리나는 시력이 안 좋은 지호를 부축하려 바짝 붙어 있던 것뿐이지만, 남들이 보기에는 오해의 소지가 충분했다. 특히 지호의 병세가 알려지면 곤란한 지금은 더더욱.

"기자가 우릴 찍고 있어요."

리나의 말을 들은 지호가 물었다.

"어디서요?"

"1층이에요."

"1층이면… 내려가 봐야 소용없겠네요."

"그렇죠, 이미 사진도 찍혔고."

어쩐지 즐거워 보이는 리나의 어조에 지호가 물었다.

"저야 감독이니 괜찮지만; 리나는 곤란하지 않겠어요?"

"전 괜찮아요."

리나는 태연하게 말을 이었다.

"우리 둘 다 젊은 성인 남녀인데요, 뭘."

"스캔들이 터져도 괜찮다고요?"

"그럴 리가 없죠. 스캔들이 되면 골치 아플 거예요."

그녀는 달뜬 음성으로 덧붙였다.

"조, 좋아해요. 아하하… 이미 예상하셨겠지만요!"

고백을 받은 당사자인 지호가 덤덤하게 별다른 반응을 보이지 않자, 오히려 고백을 한 리나가 당황하며 민망해 말을 이었다.

"촬영도 끝났겠다, 이제 또 헤어지면 언제 만날지도 모르고… 저 속 시원하자고 꺼낸 말이에요. 부담이 됐다면 죄송해요."

그에 피식 웃은 지호가 고개를 저었다.

"그게 왜 미안할 일이에요? 리나 프라다의 사랑을 받고 싶은 남자가 국적 불문하고 얼마나 많은데. 믿기지 않아서 주춤한 거예요. 전 세계 남자들과 원수질 수도 있는데 어느 정도 마음의 준비는 필요하지 않겠어요?"

"그건 그렇죠……?"

"하하하."

맑은 웃음을 터뜨린 지호가 턱을 쓸며 대답했다.

"영광이에요. 바람이 찬데 이만 들어가죠."

애매한 말이었지만 리나는 엉겁결에 고개를 끄덕였다.

"음… 네."

두 사람은 안으로 들어갔다.

그리고 머지않아 시사회가 준비되어 있는 곳으로 들어갔다. 안에는 영사기와 대형 스크린이 완비되어 있었다.

안에선 토비 휴스턴이 줄줄이 입장하는 지호와 배우들, 투자자들과 위원회의 심사 위원들을 체크했다. 명단에 있는 인원들이 모두 참석했음을 확인한 그가 문을 닫고 입을 열었다.

"이제부터 1차 편집까지 마친 〈마법의 노래〉 관계자 시사회를 시작하겠습니다."

이내 영사기가 돌아가자 스크린에 영상이 나타났다.

광활한 자연이 영화의 시작부터 관객을 압도하며 들어갔다.

'첫 장면부터 대작 느낌이 나는군.'

토비 휴스턴 역시 처음 보는 입장이었다. 그는 내심 영상미에 감탄하며 다음 장면에 주목했다.

산맥 전경에서부터 앵글이 확 빨려 들어가며 장면이 전환됐다. 장엄한 선율을 그리던 첼로 연주는 빠른 템포의 북소리로 바뀌며 숲을 미친 듯이 달리고 있는 경비병들을 비추었다. 곧이어 그들은 순식간에 따라붙은 언데드들에게 공격당하고 말았다.

언데드의 인간 학살 장면은 피가 튀거나 하진 않았지만 어느 정도 잔인한 느낌을 주고 있었다.

'아슬아슬한데?'

토비 휴스턴은 빠르게 심사 위원들을 살폈다. 그러나 무미건조한 그들의 표정에선 아무것도 찾을 수 없었다.

'재수 없으면 심의에 걸리겠어.'

이 부분은 깊은 인상을 심어줄 수 있는 장면이었기에 버리기 아까웠다.

그다음 화면은 산 너머의 왕궁을 비추며 안에서 대련을 하고 있는 에릭 존슨과 다니엘 루즈의 모습을 담았다.

두 사람의 목검 대련은 디테일이 살아 있었다. 액션이 더할 나위 없이 자연스러워, 보는 이로 하여금 숨 막히는 긴장감을 선사했다.

토비 휴스턴은 몸을 부르르 떨었다.

'대박이야!'

영화가 시작된 지 겨우 5분 남짓.

그러나 영화를 보고 있는 사람들은 손에 땀을 쥐고 있었다. 그들 모두 스크린 속으로 뛰어들어갈 듯 상체를 기울였다.

그것은 화면의 주인공인 에릭 존슨과 다니엘 루즈도 마찬가지였다.

　CG없이 담은 대자연의 장엄한 아름다움이나 배우들의 액션은 영화사에 손꼽을 정도로 긴장감 넘쳤지만, 스토리는 클리셰를 따라갔다.

　왕국의 어린 여왕을 사랑하는 젊은 공작들의 질투와 우정. 그리고 그 세 사람이 언데드와 싸워 나가는 모습을 그려내고 있었다.

　자연 경관과 액션에 놀랐던 토비 휴스턴은 스토리 라인을 따라가던 중 대규모 전쟁 씬에 다시 한 번 놀랐다. 내내 닭살이 돋아 있을 정도로 멋진 전쟁 씬이 벌어졌고, 한 시간에 가까운 러닝타임이 단숨에 지나가 버렸다.

　'내가 뭘 본 거야?'

　영화가 진행되는 동안 전장의 한가운데 서 있는 기분을 체감했다.

　영화가 끝나자 사람들은 하나같이 자리에서 일어나 박수갈채를 보냈다.

　"최고의 영화가 될 거요!"

　"투자하길 잘했습니다!"

　"신지호 감독, 수고했어요!"

　뒤에서 어깨를 두드려 준다.

뜨거운 반응에도 정작 지호는 귀만 열어둔 채 영화를 보지 못했다. 양옆에 앉은 지혜와 리나 프라다도 극찬을 했지만 그는 세 시간 동안 졸음을 참느라 고생했다.

'궁금해. 돌아가시겠군.'

영화가 어떻게 나왔는지 볼 수 있다면 악마에게 영혼이라도 팔고 싶은 심정이었다.

박수갈채가 그치자 도로 앉은 심사 위원이 말했다.

"정말 잘 봤습니다. 저도 다른 분들의 생각에 동감합니다. 하지만 영화 내내 아슬아슬하더군요. 성인들을 대상으로 개봉할 것도 감수하신 거죠?"

그에 투자자들이 반발했다.

"그게 무슨 소립니까?"

"위원회면 답니까? 이래도 되는 거요?"

"그럼 〈글래디에이터〉나 〈반지의 제왕〉도 청소년 관람 불가 등급을 받았어야 하죠!"

하지만 그들의 의견은 심사 위원에게 별로 중요하지 않았다. 지금이야 자신을 겨냥해 돌이 날아오고 있지만, 등급이 뜨고 나면 그 원망은 고스란히 제대로 일 처리를 못한 영화사에게 향할 것이다. 영화사는 감독에게 재편집을 요구할 테고.

심사 위원은 아랑곳 않고 지호에게 물었다.

"전 신 감독님께 여쭤봤습니다. 어느 정도 예상하신 거 맞죠?"

"아뇨."

지호는 고개를 저었다.

"예. 제 생각도 같습니다. 전례를 보며 수위를 맞췄고, 〈마법의 노래〉에는 아무 문제도 없습니다. 만약 위원회에서 제동을 건다면 엄연한 불평등 대우라고 생각합니다. 이와 관련해 워너 브라더스와 이야기해 법적 대응도 불사할 생각입니다."

강경한 대답을 들은 심사 위원은 어깨를 으쓱였다.

"뭐, 일단 저도 들어가 봐야 정확한 답변을 드릴 수 있겠지만… 다시 한 번 잘 생각해 보십시오. 법으로 대응하셔도 승소하실 수 없습니다. 심의 위원회의 권한이니까요. 그렇게 치면 한국에서 스크린 독과점으로 자신들이 투자한 작품들만 밀어주는 것도 잘못된 현상이지만, 줄어들기는커녕 점점 심화되고 있지요. 그렇다면 이것도 법적 제동을 걸 수 있을까요?"

은근히 비아냥거리는 투로 물은 심사 위원이 일어나서 겉옷을 걸쳤다.

"아무튼 위원회 측에서 결론을 낼 겁니다."

모두가 대답할 말을 잃은 시점, 지호가 불쑥 폭탄 발언을 했다.

"위원회 측에 의견을 전하실 때 이 말씀도 해주십시오. 만약 상영 등급을 제대로 내주지 않는다면 미국에서 개봉하지 않기로 영화사에 건의하겠다고요."

그 말에 심사 위원의 얼굴이 딱딱하게 굳었다.

"아시다시피 극장가에 비집고 들어오려는 영화들이 널리고 널렸습니다. 할리우드 수익을 포기한다면 손해가 막심할 텐데요?"

"극장 수입 외에 지속적인 수익을 포함한다면 적어도 적자는 나지 않을 겁니다. 큰 수익은 못 거두겠지만 나중에라도 재평가를 받을 수 있는 일입니다."

"할리우드에서 개봉 금지 판정을 받은 영화를 다른 곳에서 받아줄 것 같습니까?"

"바꿔 묻죠."

지호가 몸을 일으키며 덧붙였다.

"다른 나라에서 굳이 할리우드 눈치 본다고 〈마법의 노래〉가 벌어들일 수익금을 포기할까요? 영화가 재밌으면 개봉할 수 있습니다. 시간이 지나면 DVD나 인터넷을 통해서도 풀리겠죠. 그럼 〈마법의 노래〉를 본 미국의 관객들이 누구에게 화살을 돌릴 것 같습니까? 만약 저라면 할리우드의 편파적인 심의로 인해 영화 산업이 퇴보하고 있다는 판단을 내릴 것 같은데요."

"에헴······!"

심사 위원은 본전도 못 뽑고 자리를 떴다.

그러자 남아 있던 투자자들의 항의가 빗발쳤다.

"그게 무슨 소립니까? 할리우드를 포기하다니!"

"그것은 묵인할 수 없습니다!"

곧이어 뻣뻣하게 서 있던 토비 휴스턴이 지호에게 물었다.

"왜 위원회에서 터치가 들어왔을까요? 이건 워너 브라더스와 20세기 폭스사에도 언질이 없었던 일인데······."

"글쎄요. 다른 영화사에서 위원회의 가려운 부분을 긁어주고 경쟁작을 내밀 수도 있지 않을까요?"

"그건 아닐 겁니다. 워너 브라더스와 20세기 폭스가 함께 준비한 야심작에 상처를 낼 곳은··· 적어도 할리우드에는 없어요."

"그럼 남은 이유는 하나뿐이네요."

곁에 있던 리나가 끼어들었다.

"위원회에서 우리한테 뭔가를 원한다. ···그게 뭘까요?"

그때 투자자들의 입에서 그럴싸한 정보들이 터져 나왔다.

"위원회 간부들 전부 영화 산업 종사자들 아닙니까?"

"그렇죠, 투자자들도 많고."

"그럼 투자권을 원하는 거 아닙니까."

"잘될 영화란 걸 확인했으니 이제 와서 들이대는 거구만."

역시 어디나 권력 남용으로 인한 부당 이익 창출을 노리는 사람들은 존재했다.

문제는 이러한 부당 이익을 내려는 이들이 위원회에 어디까지 뻗었는가 하는 점이었다.

만약 나뭇가지 수준의 사람들이 찔러보는 거라면 지호의 대담한 수단이 통하겠지만, 뿌리까지 물들었다면 개봉이 거부당할 수도 있는 일이었다.

"일단은 지켜보죠."

지호의 말에 토비 휴스턴이 고개를 끄덕였다.

"투자자분들도 너무 역정 내지 마십시오. 아직 결정된 건 아무것도 없으니까요. 우리나 저쪽이나 기 싸움을 하는 것뿐입니다. 일종의 치킨 게임이죠."

투자자들 역시 다들 수긍했다. 그러면서도 한마디씩 덧붙이긴 했다.

"일단은 맡기겠지만 개봉 금지는 절대 안 됩니다."

"할리우드를 포기할 생각은 꿈도 꾸지 마십시오."

"최후의 상황까지 갔을 땐, 재편집으로 인해 영화의 수준이 살짝 깎이더라도 개봉해야 합니다."

토비 휴스턴은 고개를 끄덕였다.

"물론입니다. 나가서 파티를 즐기시죠."

그는 투자자들을 데리고 나갔다.

한바탕 폭풍이 휩쓸고 간 자리에 남은 지혜가 지호에게 말했다.

"장난 아니네… 개봉하지 않겠다고 했던 말, 진심이었지?"

"네."

담백하게 대답한 지호가 손으로 얼굴을 쓸며 말했다.

"다들 너무 걱정 말아요. 영화는 개봉할 수 있을 거예요. 필요하면 파라마운트에도 얘기해서 압력을 넣을 테니까요. 할리우드를 대표하는 영화사 세 곳이 뭉친 데다, 그중 한 곳은 이번 영화와 관련 없는 영화사… 위원회 결정도 충분히 뒤집을 수 있어요."

사람들과 함께 레스토랑을 나선 지호는 리나와 헤어지기 직전, 그녀에게 말했다.

"전화할게요."

"네? 아… 네."

떨떠름하게 대답한 리나는 그녀의 에이전트와 함께 호텔로 돌아갔다. 그때, 곁에 서 있던 지혜가 눈을 가늘게 뜨며 말을 걸었다.

"마음 있는 것 같다?"

그에 지호가 고개를 끄덕였다.

"좀 더 서로에 대해 알아야 하겠지만 호감은 있어요."

"흐음."

지혜는 팔짱을 끼고 물었다.

"뭐 그렇게 어려워? 요즘은 다들 일단 사귀어 보고 판단하던데."

"그러기에는 서로 너무 바쁘고 보는 눈도 많잖아요?"

"하긴."

고개를 주억거린 그녀가 말을 돌렸다.

"이제 시사회도 끝났겠다… 눈부터 치료할 거지?"

"아뇨, 아직. 어느 정도 결과가 나와야 마음 편히 치료를 받을 수 있지 않겠어요?"

그 말대로 영화가 할리우드에서 개봉할 수 있을지 없을지에 따라 향후 일정이 바뀔 수밖에 없었다.

어차피 대략 한 달 내로는 위원회에서 답변을 받을 수 있을 터였다.

"알겠어… 그럼 영화 개봉하는 대로 꼭 치료를 받는 거야. 알겠지?"

"네, 당연하죠. 걱정 마세요, 누나."

지호는 지혜의 등을 떠밀며 호텔로 돌아갔다.

방문을 열고 들어서자 그는 가슴이 두근거리는 것을 진정시켰다.

그는 음성인식으로나마 다시 글을 쓰기 시작했다.

답답한 방법이었지만, 일을 할 수 있다는 기쁨을 만끽할 수 있었다.

'난 아무것도 할 수 없는 상황이 아니야.'

그 사실이 지호에게 희망을 주었다.

Chapter 11

기적의 연출II

〈마법의 노래〉 시사회 날 제동을 걸고자 했던 위원회 측에선 아무런 공식 주장을 내세우지 않았다. 심사 위원이 개인의 이익을 취하려 한 행동이거나, 위원회 측에서 한발 물러섰다고 해석할 수 있었다.

지호가 강수를 둔 결과 영화는 무사히 극장에 걸렸다.

〈마법의 노래〉에 대한 언론 보도가 빗발쳤고, 원래부터 세간의 집중을 받던 작품인지라 그만큼 많은 관객들이 몰려들었다.

그리고 그 시각.

지호는 눈 치료를 받으러 떠나기 전, 리나와 저녁 시간을 함께하고 있었다.

"갑자기 연락 주셔서 놀랐어요."

스테이크를 오물거리던 리나가 말했다. 그녀는 여배우로서 현장을 압도하던 카리스마 대신, 사랑하는 남자 앞에 선 여자의 가녀리고 수줍은 모습을 보여주고 있었다.

빙그레 웃은 지호가 대답했다.

"제 마음을 표현한 것뿐입니다. 이제부터 1일! 하고 사귀는 것도 나름 귀엽지만, 서로를 알아가며 만나는 게 우리 관계에 더 잘 어울릴 것 같아서요."

"우리 관계라면… 우린 그럼 연인인가요?"

"누가 묻는다면 그렇게 대답하겠습니다."

지호의 말을 들은 리나는 가슴이 뭉클했다.

"서로 좀 더 알아가자는 뜻이죠?"

그녀가 묻자 지호는 고개를 끄덕였다.

"맞아요, 리나도 저랑 같은 생각이었으면 좋겠네요."

"그 정도면 충분해요."

미소 지은 리나가 화제를 바꾸며 물었다.

"의사 선생님께 내일 치료를 받으러 간다고 들었어요."

"알아봐 줘서 고마워요. 미처 그 말을 못했네요."

"아하하, 아녜요! 당연한 일을요."

머뭇거리던 그녀가 덧붙였다.

"최고의 안과의세요. 분명 좋은 결과가 있을 거예요."

"하늘의 뜻이라고 생각하고 있습니다."

지호는 어깨를 으쓱이며 말을 이었다.

"제게 이런 일이 생긴 걸 설명하려면 그것밖에 없더라고요. 하늘이 준 시련이겠죠. 이 문제를 어떤 방식으로 극복할 것인지는 제가 하기 나름일 거고요. 그렇게 생각하니 마음이 좀 놓였습니다. 어떤 사람이든 숨이 붙어 있는 이상 좋은 일과 나쁜 일을 모두 겪을 수밖에 없는데… 그래도 전 양호한 편 아니겠어요? 제가 하고 싶은 일을 마음껏 했고… 앞으로도 어떤 방식으로든 할 거니까요."

"맞아요."

리나는 절체절명의 상황에도 긍정적인 지호의 모습에 감탄하며 지지해 주었다.

"포기하지 마세요. 치료는 잘될 거고, 지금 겪고 있는 시련들 모두 앞으로의 밑거름이 될 거예요. 제가 가장 힘들었을 땐 지독한 외로움 속에서 연기를 놓고 싶었을 사춘기 시절이었어요. 주변 사람들에 대한 신뢰도 바닥을 쳤죠. 여배우의 삶이 신물 났고, 앞으로 평생을 이렇게 살아야 한다니 끔찍했어요. 우울증은 점점 심해졌고, 연기력은 곤두박질쳐서 끊임없는 논란에 휩싸였어요. 자살까지 생각했지만, 지금 생각해 보면 그때 겪었던 슬럼프가 있었기에 난항을 겪을 때마다 다시 도약할 원동력을 얻는 것 같아요."

사람들은 각기 다른 형태의 시련을 겪게 마련이었다.

지호는 그 시련의 깊이를 잴 수 없다고 생각했다.

'상대적일 뿐 모두가 시련을 겪고 있다. 그녀 말이 맞아. 내 불행의 깊이를 생각한다면 세상이 지옥 같겠지만, 내 행복의 깊이를 생각했을 땐 세상이 천국 같아 보이는 거야.'

지그시 눈을 감고 생각하던 그가 리나를 마주보며 답했다. 전처럼 그녀의 아름다운 눈을 볼 수는 없었지만, 흐릿한 시야 너머로 풍겨오는 기분 좋은 느낌만으로도 예전에 느꼈던 이상의 매력을 체감할 수 있었다.

"고마워요. 성숙한 분이라는 건 알고 있었지만, 오늘 새삼 느끼네요. 저한테 호감을 가져주셔서 고맙습니다. 우리가 만나게 돼서 행운이에요."

"저도요… 감독님이 안 계셨다면 마음 기댈 곳 없이 지금도 떠돌고 있을 거예요."

입장과 생각이 비슷한 상대. 영혼적인 교감이 가능한 상대를 만난다는 건 신비롭고 가슴 벅찬 일이었다. 따라서 지호는 어느 때보다 편안한 마음으로 이 자리에 앉아 있었다.

"기분 좋은 밤이네요. 조만간 제가 흐릿한 시력으로 세상을 바라보며 썼던 시나리오가 완성됩니다. 리나가 검토해 줬으면 해요."

"또 한 번 저를 놀라게 만드시네요. 그새 시나리오를 썼다고요?"

"아마 엉망일 거예요. 퇴고 한 번 하질 않았고, 그저… 답답한 마음을 하소연하거나 분풀이라도 하듯 써낸 시나리오거든요. 하지만 내용은 건드리지 않고 남겨둘 생각입니다."

"무슨 내용인지 궁금한데, 조금이라도 설명해 주실 수 있으세요?"

리나는 흥미를 보였다. 동종 업계에 종사하는 입장이다 보니 관심이 배가 됐던 것이다.

어깨를 으쓱인 지호가 입을 열어 내용을 설명해 주었다.

"24시간… 밤뿐인 세상에서 살아가는 소년이 있어요. 제 좌절감을 대신한 소년이니만큼 소년의 내면은 절망과 분노로 가득합니다. 소년을 부정적인 방향으로 몰아붙이는 일들이 계속 생기죠."

"관객들이 싫어하는 코드지만 전 개인적으로 선호하는 내용이네요. 그다음은요?"

"우연한 계기로 편지 한 장을 받죠. 그리고 세상 밖에 '빛'이라는 게 존재하는 세상이 있다는 것을 알게 되요. 우리가 살아가는 세상으로부터 간 편지죠. 그 편지는 주위에 아무도 없이, 혼자 외롭게 자살한 사람의 유서였어요."

"절망해서 죽은 사람의 편지 한 통이 그 소년의 희망이 되는군요."

"아무리 불행한 사람도 누군가에게는 희망이 될 수 있죠. 불행하게 죽은 사람이 살던 세상에 빛이 있다는 것만으로도 소년에게는 희망 가득한 세상이었던 셈이죠."

"멋져요. 그래서 소년은 편지라는 동아줄을 잡고 어둠뿐인 세상에서 헤어 나오나요?"

"아뇨, 그는 결국 빛을 만들어냅니다. 랜턴처럼 작고 희미한 불빛에 불과하지만 소년에게는 전부인 셈이죠. 이야기는 거기서 끝이 나요."

내용을 다 들은 리나는 눈을 반짝였다.

"너무 멋져요… 몇 시간짜리에요?"

"생각 없이 써서 정확한 분량은 고민해 봐야겠지만, 굳이 영상화를 한다면… 한 시간 반?"

"꽤 기네요."

"일인극이에요. 다만 빛을 만드는 과정에서 여러 에피소드들이 발생해요. 모두 절망과 희망 사이에서의 줄다리기를 담은 에피소드들이죠."

"희망의 반대편에는 항상 절망이 있고, 절망의 반대편에는 희망이 있다?"

"뭐, 보기 나름이겠지만 일단 전하려는 바는 그렇죠."

지호가 수긍하자 입술을 만지작거리던 리나가 조심스레 입을 열었다.

"그 소년, 소녀로 바꾸면 안 될까요?"

"네?"

지호가 되묻자 그녀는 배시시 웃으며 말을 이었다.

"아니, 그렇잖아요. 아무래도 절망 속에 빠진 소년보다, 절망 속에 빠진 소녀가 더 가녀린 느낌이 들기도 하고. 용감하게 희망의 불씨를 피워내는 장면이 더 극적일 것 같기도 하고. 뭐… 제가 하고 싶어서요."

뜻밖의 제안에 지호가 답했다.

"영화로 만들어야겠다는 생각을 하지 않고 쓴 작품이기도 하지만, 이건 잘 만들어져도 리나의 커리어에 그다지 도움이 될 만한 캐릭터가 아네요. 지금까지 그런 캐릭터 많이 했었잖아요. 게다가 1시간 30분에 걸친 에피소드들을 혼자 소화하려면 고생도 엄청 할 거예요."

"배우가 그런 거 따지면서 작품하면 돈과 유명세를 얻을 수 있을지는 몰라도, 스스로 돌아봤을 때 명예롭진 못할 거예요. 전 지금껏 그런 생각으로 제가 선택하고 싶은 작품만 선택해서 했었어요. 그래서 흥행을 놓친 작품도 있지만 전 만족해요. 제가 하고 싶은 작품을 하니까 그때마다 잔뜩 열이 올라서 한계치를 넘는 연기를 할 수 있었고, 그 덕분에

남들보다 많은 것을 배웠다고 생각하거든요. 작품을 통해서
요."

"멋지네요."

지호는 더 이상 거절하지 않고 여지를 뒀다.

"그런 마음에서 제 시나리오가 리나의 마음에 든다면 저
도 고려해 볼게요. 각본 속 의미를 온전히 표현해 줄 수 있
는 좋은 배우를 만난다면 영화로 만드는 것도 생각해 볼 만
하다고 생각하니까요. 일단은 읽어보시고, 다시 이야기 나누
죠."

"그래요."

리나의 대답을 끝으로 두 사람은 잠시 말없이 식사를 했다.
비록 대화가 오가지는 않았지만, 두 사람은 서로 가슴의 떨림
을 느낄 수 있었다. 그래서 침묵 속에 이어지는 지금 이 시간
이 지루하지 않고 즐거웠다. 말하지 않아도 서로의 감정에 집
중할 수 있었던 것이다.

이후에도 일상적인 대화를 나누며 천천히 식사를 마친 지
호는 일어날 때가 돼서 다시 말문을 열었다.

"이제 치료를 받고 와서 보겠네요."

"그러게요."

대답한 리나가 살짝 웃으며 수줍게 덧붙였다.

"저 관계자 시사회 이후로 개봉한 〈마법의 노래〉 안 봤어

요. 극장에서 다시 보고 싶은데 참고 있어요."

"같이 보시죠."

적극적으로 대시한 지호가 덧붙였다.

"치료가 성공적으로 끝나면 좋겠지만 실패한다 해도, 영화가 끝난 뒤 곁에서 영화에 대해 자세히 설명해 줄 사람이 필요하니까요. 바쁜 스케줄에도 불구하고 몇 시간 동안 자세히 말해줄 각오가 되어 있다면 저랑 같이 봐줬으면 좋겠어요."

"실패할 리는 없겠지만 생각해 볼게요. 그러니까 꼭 성공하고 돌아오세요. 그리고 이건 제가 드리는 행운의 표시예요."

그 순간 바짝 다가온 리나가 지호의 입술에 가볍게 키스했다.

졸지에 기습 키스를 당한 지호는 벙 찐 표정으로 앉아 얼굴을 붉혔다.

"행운의 표시… 마음에 드네요."

그 말에 리나가 덜덜 떨리는 손으로 의자를 잡고 일어나며 대답했다.

"그, 그럼요. 잘될 거예요. 전 이만 가볼게요."

그녀는 애써 태연한 척 말하며 계산대로 향했다.

그러나 뒤에 남겨진 지호는 난감한 표정을 지었다.

'부축해 줘야 하는데.'

그 상황에 눈치를 보고 있던 지배인이 다가와 그를 부축했다. 계산을 마친 리나가 이미 레스토랑을 나간 것이다.

한 달 후 크리스마스.
지호는 실로 오랜만에 한국 땅을 밟았다.
〈마법의 노래〉는 한국에서도 선풍적인 인기를 끌었다. 개봉 첫날 백만 관객을 넘어서는 기염을 토했으며, 일주일째인 오늘은 지호의 다른 작품이 세웠던 한국 영화사 역대 기록을 새로이 갱신하며 천만 관객을 코앞에 둔 상황이었다.

이토록 폭발적인 인기를 끄는 것에는 두 가지 요인이 강하게 작용했다. 한국인 감독이 만든 영화가 압도적인 흥행 기록으로 전 세계 박스 오피스 1위를 차지했다는 사실과, 시력을 잃어가는 상태에서 만들어낸 기적 같은 영화라는 비하인드 스토리가 알려지면서 관심이 들불처럼 번져 나갔던 것이다. 그리고 〈마법의 노래〉를 감상한 관객들은 한목소리로 말했다.

—안 봤으면 안 봤지, 한 번 볼 수는 없는 영화!

공통적인 감탄 외에도 인터넷 반응 역시 폭발적이었다.

—가족이랑 한 번, 친구랑 한 번, 애인이랑 한 번, 그리고 혼자 한 번 더 보세요. 볼 때마다 새로운 재미를 느낍니다.

—신지호 감독은 시력이 떨어질수록 연출력이 올라가는 듯. ㄷㄷ;;

—우리나라의 자랑 신지호 감독의 쾌유를 빕니다.

—건강하세요. 이런 영화 계속 만들어주세요. 부탁드립니다.

—와 내 인생작.

—지금까지 본 적 없는 압도적인 스케일에 지려 버렸다.

……

모자를 눌러쓴 채 휴대폰 액정을 바라보던 지호의 입가에 웃음이 맺혔다. 전 세계의 전문가들이 극찬한 영화였기에 전문가평 역시 만점 일색이었다.

"궁금해 죽겠네. 대체 영화가 어떻게 나온 거야?"

아이러니하게도 영화가 가장 궁금한 건 영화를 만든 장본 인인 지호였다. 극장 앞에서 누군가를 기다리던 그가 시계를 확인했다.

"올 때가 됐는데."

때마침 금발의 외국인 여성이 달려왔다. MLB모자에 선글 라스를 쓰고 편안한 후드에 청바지를 입은 리나 프라다였다. 물론 완전무장한 그녀를 알아볼 수 있는 사람은 지호뿐이었 지만.

헐레벌떡 뛰어온 리나가 물었다.

"영화 시간 안 늦었어?"

"응, 영화 시간은 안 늦었는데 약속 시간은 늦었어."

"그냥 좀 넘어가 주세요. 헤헤."

"오케이, 팝콘 쏴."

지호는 선글라스를 쓰며 그녀와 함께 극장 안으로 들어갔다. 세트 메뉴까지 구비한 두 사람은 칸막이가 되어 있는 커플 좌석에 앉아 영화의 시작을 기다렸다.

"이렇게 앉아 있으니까 왠지 처음 만난 날 생각난다."

리나가 팝콘을 집어먹으며 말했다.

"비행기 안에서. 옆자리 앉았잖아."

그에 지호가 눈매를 좁히며 피식 웃었다.

"난 그때 처음 아니었어. 시사회 때 봤다니까?"

"호호호. 그래서 그땐 영화 보러 누구랑 오셨더라?"

지원과 간 것을 들어서 알고 있는 그녀가 짓궂게 묻자 지호는 진땀을 흘리며 답했다.

"치, 친구."

"흐응~ 조심해."

"네."

깔끔하게 수긍한 지호가 살살 긁었다.

"왜 그, 서양인 여성은 좀 더 개방적이고 굉장히 쿨할 줄 알

있는데 그렇지도 않아. 그치?"

"원래 사람마다 다른 거거든?"

"그리고 옛날엔 그러지 않았는데, 교제하고 나서부터 은근히 휘어잡는 거 같아."

"그래서 후회해?"

리나가 눈을 흘기며 묻자 지호는 입술에 가볍게 키스한 뒤 대답했다.

"아니."

"어우, 느끼."

리나는 나무라면서도 배시시 웃으며 붉어진 안색을 다 숨기지 못했다.

그녀는 지호가 입원해 있는 동안 모든 일정을 비워둔 채 계속 곁을 지켰고, 그사이 두 사람은 서로에 대한 감정을 확인했다.

'뭐, 그전에 이미 스캔들이 터졌었지만.'

시사회 때 사진을 찍어간 기자가 스캔들을 터뜨렸지만 리나와 지호는 약속이나 한 것처럼 깔끔하게 인정해 버렸다.

Chapter 12
기적의 연출Ⅲ

지호가 지난 일을 생각하는 동안 예고편이 끝나고 오프닝 크레디트가 나오기 시작했다. 스크린에 빠져들 듯이 집중하는 그의 옆모습을 보던 리나는 입가에 미소를 띠었다.

'수술이 성공해서 다행이야.'

만약 실패했더라면 지호는 그 좋아하는 영화를 마음껏 볼 수 없었을 터였다.

두 사람이 동상이몽을 하는 사이 〈마법의 노래〉가 본격적인 시작을 알렸다. 지호가 관계자 시사회 때 머릿속으로만 상상하던 장면들을 직접 두 눈으로 보게 되는 순간이었다.

두 시간 반이라는 시간이 흐르고, 영화가 끝나자 지호와 리나는 차를 타고 헤이리로 이동했다.

서재현과 이지은, 수열과 함께 저녁 약속이 되어 있었기 때문이다. 잠시 후 그들은 화기애애한 분위기 속에서 식사를 하기 시작했다.

"형이 리나 프라다랑 사귀다니… 신문 기사가 정말이었어."

수열이 입을 딱 벌리며 멍하니 중얼거리자 리나가 씨익 웃으며 말을 받았다.

"형수로 합격인가요?"

"백점 만점이십니다."

수열이 정색하고 답했다.

그 능청스러운 모습에 가족들이 웃음을 터뜨렸다.

헛기침을 몇 번 한 서재현이 입을 열었다.

"자자, 다들 샴페인 채웁시다."

수열이 서둘러 잔을 채웠다.

이지은 역시 요리를 끝내고 자리에 앉으며 리나에게 말했다.

"지호까지 모이는 건 참 어렵지만… 그래도 그만큼 보람차게 지내고 있는 것 같아서 마음이 따뜻해요. 오랜만에 봐서 더 반갑기도 하고."

"자주 찾아뵙지 못해서 죄송해요."

지호가 머쓱하게 대답했지만 이지은은 고개를 저었다.

"그런 뜻이 아니었다. 이제 너희들의 시대야. 바쁘고 치열하게 살아가는 게 당연한 거지. 너희가 제자리를 찾아 누구보다 열정적으로 지내고 있어서, 보는 나도 마음이 든든하고 뿌듯하단 의미였어."

"우린 걱정이 없다. 그래도 걱정 없는 것보다 네 안부를 제대로 아는 게 더 중요해. 앞으로 이번 일같이 건강에 문제가 있거든 꼭 제때 말하도록 해라. 누군가를 통해 소식을 듣는 가족의 마음은 얼마나 불편하겠느냐?"

"죄송해요, 삼촌."

지호가 고개를 숙였다.

그에 이지은이 서재현을 나무랐다.

"여보, 이미 전화로도 말씀하셨잖아요? 오늘같이 기쁜 날은 즐겨야죠."

"크흠, 알겠어."

민망하게 대답한 서재현이 화제를 돌려 리나에게 물었다.

"지호가 잘해주니?"

"아, 네! 감독님. 엄청 잘해줘요."

"다행이구나."

은은한 미소를 띤 그가 지호를 짓궂게 놀렸다.

"리나 프라다를 울리면 넌 제명에 못 살겠구나."

"예, 삼촌. 지금도 항상 주위를 경계하고 있죠."

지호의 능청에 다시 한 번 웃음이 터졌다. 그는 수열에게 둘만의 메시지를 보내듯 물었다.

"요즘은 잘 지내고 있어?"

학교생활을 묻는 것이다.

그에 수열이 고개를 끄덕였다.

"형 덕분에 용기를 독기 품고 열심히 했어. 그 덕분에 CYN 엔터테인먼트 신인 배우로 들어가게 됐고. 그렇게 결과로 보여 주니 학교 애들도 뭐… 그때부턴 태도가 180도 바뀌어서 친하게 지내자고 하더라고. 어쨌든 아직 4부작 드라마의 아역 정도지만 앞으로 더 노력해서 나도 형한테 캐스팅될 만큼 훌륭한 배우가 될 거야."

"그래, 꼭 함께 작업하자."

흡족하게 대답한 지호는 샴페인을 한 모금 들이켰다. 사랑하는 사람들과 함께하는 이 자리가 더없이 행복했다.

영화를 찍을 때 느끼는 행복이 치열함이라면, 지금의 행복은 편안한 기분을 주고 있었다.

꽤 오랜 시간 동안 대화를 나누며 식사를 마친 지호는 리나와 함께 산책을 나와 부모님을 모신 영생목으로 자연스레 그녀를 인도했다.

"여긴……?"

"우리 부모님이 계신 곳이야."

리나는 그에 대한 사연을 알고 있었기에 영생목 앞에서 기도를 먼저 하고, 입을 열었다.

"수술 성공한 거… 부모님이 널 지켜주신 것 같아."

"나도 그렇게 생각해. 자주 찾아오지도 못하는데……."

쓸쓸한 지호의 눈빛을 바라보던 리나는 가슴이 뭉클했다.

가장 가까운 부모님을 잃어본 적이 없는 그녀는 온전히 이해할 수 없었지만, 바쁜 스케줄 탓에 줄곧 떨어져 지냈기에 그 슬픔의 깊이를 짐작할 순 있었다.

* * *

1년 후 아카데미 시상식.

함께 참석한 지호와 리나 프라다를 발견한 배우들은 자리에서 일어나 인사를 했다. 일면식이 없는 얼굴들이 태반이었다.

"감독님. 명성은 익히 들었습니다."

"감독님 작품은 모두 몇 번씩 돌려봤습니다. 다음 작품에는……."

순식간에 붙어오는 쟁쟁한 배우들 탓에 서열에서 밀리는 다니엘 루즈와 에릭 존슨은 고개를 절레절레 저으며 〈마법의 노래〉 테이블에 얌전히 앉아 있었다.

"정말 스타들의 스타가 되셨네."

다니엘 루즈는 어쩐지 배 아픈 말투였다.

그에 에릭 존슨이 피식 웃으며 말했다.

"당연하지. 지금껏 한 번도 실패한 적 없는 분이 이번에는 시력을 잃어가면서까지 〈마법의 노래〉를 만드셨어. 그 투혼도 투혼이지만, 악조건 속에서도 가장 훌륭한 기량을 발휘하셨다는 건 배우들 입장에서 그야말로 보증수표처럼 보일 수밖에 없거든. 지금껏 감독님은 성공한 배우들의 기존 이미지를 탈피시키며 능력을 백분 끌어올려 주었고, 성공을 목표로 하던 배우들에게 동아줄이 되어주셨어. 우린 정말 감사해야 돼."

"에릭. 넌 어째 배우가 아니라 감독님 매니저 같다."

눈을 흘긴 다니엘 루즈는 부정하지 못하고 지호를 보며 중얼거렸다.

"하긴……."

자신 역시 지호와 작품을 한 덕분에 드라마에 이어 영화계에서도 블루칩으로 주목받고 있었던 것이다. 그전까진 광고주들이나 감독들이 퇴짜를 놓게 만들었던 까칠한 성격도 매력으로 받아들여지고 있었다.

그때 토비 휴스턴이 배우들에게 다가와 축사를 전했다.

"나중에 우리 관계자들끼리 또다시 파티를 하겠지만, 정말 축하합니다. 얘기 들어서 알고 있지요? 두 사람 다 당당히 남우주연상 후보로 올랐으니 기대해도 좋을 겁니다. 그건 그렇고… 감독님은 어디 계시죠?"

"저쪽에 계십니다."

에릭 존슨은 줄을 선 배우들에게 가려 보이지 않는 지호를 가리켰다.

"허."

토비 휴스턴은 놀라면서도 금세 이런 현상을 이해했다.

"배우들이 안달 나는 것도 당연하네요. 모든 투자사에서 신 감독의 다음 작품을 따내려고 눈에 불을 켜고 있으니……."

영화사들은 지호가 제시하는 모든 조건을 다 수용하겠다는 태도로 달려들고 있었다. 이번에 이슈를 만들며 관객들의 뜨거운 호감을 산 지호였기에, 그가 발로 연출을 해도 무조건 한 편은 대박 난다는 생각들이었다.

자신도 그런 생각을 가진 영화사들의 틈바구니 속에서 아귀다툼을 해야 한다는 생각을 하자 눈앞이 아찔해진 토비 휴스턴은 고개를 절레절레 저으며 말을 이었다.

"이미 신 감독님은 할리우드에서 기반을 탄탄하게 다져 놓으셨습니다. 두 분도 절대 감독님과의 끈을 놓지 마세요. 저도 꼭 잡을 겁니다."

조언 같지 않은 조언을 남긴 그는 지호가 있는 쪽으로 달려 갔다. 새로운 계약에 대한 말을 하기 위해서였다.

한편, 배우들과 인사를 나누던 지호는 억지웃음을 띤 채 리나에게 귓속말을 했다.

"호랑이 굴로 들어온 기분이야."

"나도 그렇게 생각해."

리나 역시 억지로 웃고 있었다.

진행 요원 역시 당황한 기색이 역력했다.

"죄송합니다! 관객석도 아닌 VIP석 인원들이 이런 소동을 일으키다니……!"

아카데미 사상 초유의 사태였던 것이다.

소란은 시상식이 시작될 때까지 계속됐다.

그러나 관객들이 객석을 채우고 사회자가 등장하자 이러한 소요도 가라앉았다. 대신 이번에는 객석으로부터 폭발적인 환호성이 들려왔다.

"저기 봐! 신지호 감독이야!"

심지어 그를 응원하는 피켓들도 눈에 들어왔다.

지호 곁에 있던 리나 프라다가 나직이 속삭였다.

"배우보다 더 각광받네?"

"시력을 잃을 뻔했던 것 때문에 그런 것 같은데."

지호가 말하자 그녀는 고개를 저었다.

"눈도 눈이지만, 인기의 요인을 헛갈려선 곤란하지. 〈마법의 노래〉가 잘 나와서 그런 거야."

피식 웃은 지호는 고개를 끄덕였다.

이내 남녀 사회자가 뮤지컬 배우들을 불렀다.

오프닝 이벤트인 초청 공연이 시작되자, 〈마법의 노래〉 배우들은 한 테이블에 앉은 지호를 칭송했다.

"감독님, 여기서 보니까 엄청나던데요?"

에릭 존슨의 말을 다니엘 루즈가 얼른 낚아챘다.

"그러니까… 리나 프라다와 연인 관계인 게 밝혀져서 전 세계 남성들의 우상이 됐고, 시력을 잃어가면서도 투혼을 발휘해 세계 영화 팬들의 지지를 받는 최고의 영화를 만들었고… 거기까진 알고 있었는데, 배우들이나 투자자들의 반응이 더 열렬하네요?"

머쓱해진 지호가 무대를 가리켰다.

"공연 보세요, 공연."

그러자 남자 배우들과도 많이 친해진 리나가 옆에서 그들을 거들었다.

"다음에 작업할 때도 불러 달라고 저러는 거예요."

"잘 맞는 배역이 있으면 당연히 아는 얼굴부터 떠올리죠. 여러 이미지를 만들어 놓고 기다리시면 꼭 찾겠습니다."

지호의 대답을 들은 남자 배우들은 마치 좋아하는 상대에게 사랑 고백이라도 받은 듯 들뜬 표정을 지었다.

에릭 존슨은 적극적으로 대시하지 못했지만, 다니엘 루즈는 직설적인 성격답게 쐐기를 박았다.

"저 믿습니다. 우리 신 감독님은 허튼 말씀 안 하시니까."

"알겠어요. 그럼 공연 봐도 되죠?"

지호는 씨익 웃으며 능청스레 물었다.

하지만 그땐 이미 짧은 테마 뮤지컬이 끝나가고 있었다.

"에이, 하나도 못 봤네."

"노래 세 곡 분량의 무대였어. 그나저나 주위 좀 봐봐."

리나의 말에 지호가 주변을 둘러보니, 모든 관객들이 지호를 향해 박수를 보내고 있었다.

"갑자기 왜들 저래?"

그 질문에 리나가 답했다.

"뮤지컬 내용이 네 스토리였거든. 시력을 잃은 연출가를 표현했어."

"응?"

지호는 어안이 벙벙했다. 아카데미에서 현직 감독을 우상화하는 경우는 듣도 보도 못했기 때문이다. 그 주인공이 할리우드 신출내기 한국인 감독인 자신이라면 더더욱 믿을 수 없는 노릇이었다.

"이게 무슨 경우래?"

그는 웃는 얼굴로 주위에서 쏟아지는 환호에 화답하며 물었다.

그러자 리나가 자신의 추측을 뱉었다.

"네 영화에 대한 열정이 많은 영화인의 귀감이 된 건 사실이니까. 배우들이 네 눈에 띄려고 안달이 난 것도 있지만, 너에 대한 순수한 존경심도 갖고 있어. 현장이 얼마나 냉엄한 곳인지 알고 있으니 더더욱 감명을 받은 거겠지. 심지어 〈마법의 노래〉 이후 나한테도 네 안부를 묻는 전화가 간혹 걸려온다니까?"

"설마 로버트 드니로(Robert De Niro)에게 전화를 받았었다는 말… 정말이었어?"

지호는 농담인 줄만 알고 있었던 것이다.

그러나 리나는 자연스럽게 고개를 끄덕였다.

"당연하지. 너랑 작품 같이했으면 좋겠다고 하셨는데?"

"전설적인 배우 로버트 드니로와 개인적인 친분이 있다고?"

"그렇다니까. 다른 선생님들한테도 몇 통 받았어. 전에 병원에서 다 말했었는데. 알 파치노(Al Pacino), 더스틴 호프만(Dustin Lee Hoffman), 로버트 레드포드(Robert Redford), 클린트 이스트우드(Clint Eastwood)……"

리나의 입에서 나오는 이름은, 이름을 듣기만 해도 가슴을 뛰게 만드는 할리우드의 살아 있는 전설들이었다.

"꿈에서라도 봤으면 했던 분들인데… 널 사랑하는 이유가 하나 더 늘어날 만큼 감동적이야."

"그런 걸로 늘어났다 줄었다 하는 사랑 별로거든요? 어쨌든 자리 한번 마련해 볼게."

"하하, 고마워."

머쓱하게 웃은 지호가 무대로 눈길을 돌렸다.

무대에선 다소 격식에 치우친 국내 시사회보다 훨씬 다양한 이벤트가 벌어지고 있었다.

초청 공연도 공연이지만, 사회자들 역시 개성 있고 자유분방한 말재간을 선보여 관객들을 즐겁게 만들었다.

그리고 본격적인 시상에선 진지하게 호명을 했는데, 〈마법의 노래〉 스태프들이 줄줄이 엮인 굴비처럼 불려 나갔다.

촬영상, 유태일과 휴 브리저를 선두로 한 미술상, 의상상, 편집상, 분장상, 시각효과상까지… 모조리 〈마법의 노래〉가 휩쓴 것이다.

지호 역시 각본상 차례가 되어 후보에 올랐으나, 상을 받진 못했다. 원작을 기반으로 각색한 작품이란 것이 떨어진 이유였다.

"원작이 버젓이 있는데 각본상에 오른 게 어디야? 난 후보에 오른 것도 신기한데. 영화 때문에 원작이 폭발적으로 판매되고 있는 걸로 만족해."

리나는 위로 비슷한 말을 건넸지만 별로 아쉬워하는 것 같지 않았다.

지호 역시 후보에 오를 줄 몰랐던 터라 당연하게 받아들였다.

"난 욕심 없어. 이제부터 배우들 차례니 긴장하고 지켜보자고."

이내 조연상과 주연상이 차례로 발표됐다.

남녀조연상, 남우주연상까지도 〈마법의 노래〉 배우들은 후보에는 들었지만 수상자에 호명되지 못했다.

배우들의 연기가 주가 된 경쟁 작품에 비해 〈마법의 노래〉는 영화 자체의 연출력과 스케일이 너무 큰 몫을 차지했던 것이다.

이 부분에선 지호도 조금 아까운 마음이 들었다. 배우들이 액션 연기를 위해 얼마나 고생했는지 알고 있었기 때문이다.

"여우주연상 발표다."

지호가 입을 떼기 무섭게 사회자가 여우주연상을 발표했다. 후보에 오른 리나는 앞선 남자 배우들의 잇따른 낙마를 보고 어느 정도 마음을 비운 상태였다.

그러나 사회자는 보란 듯이 그녀의 이름을 불렀다.

"올해도 리나 프라다의 해인 것 같군요. 축하드립니다!"

지호가 웃으며 손을 잡아주었다.

리나는 그의 에스코트를 받아 무대로 나갔다.

두 사람의 정겨운 모습을 보던 남자 사회자가 호들갑을 떨었다.

"정말 선남선녀입니다. 지금 할리우드에서 가장 핫한 커플이에요. 아마 내년 여름쯤에는 두 사람의 얼굴이 그려진 커플 티가 불타나게 팔리지 않을까 예상해 봅니다."

"할리우드의 대세 커플이라고 봐도 무방하죠."

말을 받은 여자 사회자가 리나에게 마이크를 넘기며 소감을 청했다.

리나는 밝은 얼굴로 수상 소감을 시작했다.

"감사합니다. 모든 영화 팬 여러분의 관심과 애정, 그리고 제 주변에서 힘이 되어주는 분들이 있었기에 이런 영광스러운 상을 수상할 수 있었습니다. 늘 환경문제나 후원에 대한 이야기를 해왔는데 이번에는 개인적인 깨달음을 말하려 합니다. 이번 〈마법의 노래〉를 작업하면서 여러분도 아시다시피 암담한 현실의 벽에 마주하는 일이 있었습니다. 많은 스태프와 우리 배우들은 시력을 잃어가는 감독님을 지켜만 봐야 하는 입장이었죠. 저는 존경하는 감독님이자 제 남자 친구인 신

지호 씨를 보며 지난날들을 돌아보게 됐습니다. 그리고 습관 처럼 하던 연기와 촬영의 정체기를 깨고 새로운 마음과 열정 으로 작품에 임할 수 있었습니다. 이 상은 앞으로도 느슨하게 굴지 말고 정진하란 의미로 받아들이겠습니다. 더 좋은 연기 로 찾아뵙겠습니다. 감사합니다."

그녀가 지금까지 했던 소감 중 가장 긴 소감이었다.

뜨거운 박수갈채가 쏟아졌고, 그중에는 지호도 있었다.

'멋지네.'

감탄과 함께 여자 잘 만났다는 뿌듯함이 샘솟았다.

리나가 내려와 그에게 가볍게 입을 맞췄다. 그리고 옆자리 에 앉아 살짝 웃으며 말했다.

"하… 이제 좀 진정되네."

동료 배우들의 축하를 받고, 두 사람이 이야기를 나누는 동 안 수상 순서는 작품상과 감독상으로 옮겨졌다.

당연히 지호도 후보에 올랐다.

그리고 발표할 차례가 되었을 때, 사회자가 힌트를 주었다.

"이번 작품상과 감독상은 한 분이 수상하게 되었습니다."

누구나 예상할 수 있는 수상자였다.

아카데미 시상식을 안주 삼던 도박꾼들조차 올해 작품상 과 감독상 종목은 포기했을 정도로, 이전부터 공공연히 〈마 법의 노래〉의 지호 이름이 거론됐기 때문이다.

곧이어 역시나, 사회자는 그 이름을 호명했다.

"여러분도 아시다시피 오늘의 주인공이라고 해도 과언이 아닐 만큼 세간의 많은 관심과 더불어 한 여자의 뜨거운 사랑을 받고 있는, 지구에서 가장 행복한 남자! 신지호 감독입니다."

동시에 신나는 음악이 깔리며 시상식장 전체가 들썩일 정도로 큰 함성이 울려 퍼졌다.

어느 때보다 격한 환호를 받으며 무대에 오른 지호는 마이크를 잡았다.

그때 곁에 있던 사회자가 짓궂게 물었다.

"방금까지 애인이 서 있던 자리로 올라오셨는데, 소감이 어떠십니까?"

"굉장히 떨렸겠네요. 매년 참가했던 그분과 달리, 전 아카데미 시상식은 두 번째입니다. '미스터 블루'라는 다소 유치한 이름으로 이 큰 무대에 섰었죠. 하지만 그저 설레고 기쁘기만 하던 그때와 달리 지금은 이 자리가 주는 감동을 고스란히 받고 있습니다."

"어디서 기인한 감동인지 소감 한 말씀 부탁드립니다."

씨익 웃은 사회자가 빠지자 호흡을 가다듬은 지호가 입을 열었다.

"얼마 전 저는 제 모든 재능과 무기를 잃을 위기에 처했습니다. 제가 시작한 일에 대한 책임과 투자자들의 기대치는 그 대로인 상태에서 그동안 믿어 왔던 버팀목들이 모두 무너져 내린 거죠. 앞이 깜깜하고 마음속은 요동치고 스태프들과 배우들을 볼 때면 발가벗은 기분이 들었습니다. 그들은 저를 도와 혼신의 힘을 다해줬지만, 정작 저 자신은 스스로에 대한 믿음을 점점 잃어가고 있었죠."

지호가 숨을 다듬는 동안 관객들은 바짝 몰입했다.

그리고 이내 그가 다시 말을 이었다.

"하지만 그 일을 계기로 전 확신할 수 있게 됐습니다. 어떤 상황에서든 중심을 잡고 긍정적인 마음을 잃지만 않는다면 무엇도 저를 무너뜨리지 못한다는 것을요. 제가 제 자신을 잃지 않을 수 있도록 도와준 팀원들과 한국에 있는 가족들, 지인들 모두에게… 그리고 제가 만든 영화들이 세상 빛을 볼 수 있도록 원동력이 되어주시는 모든 영화 팬분들께도 오늘의 영광을 돌리고 싶습니다."

지난 촬영 동안 자신이 겪었던 시련을 토로하고 모두에게 감사를 전하는 모습에서 진정성을 느낀 관객들은 감명을 받아 뜨거운 박수갈채를 보냈다.

지호는 아카데미상을 받았다는 사실보다, 더 이상 섬광 기억에 의지하지 않을 수 있게 되었다는 해방감이 더 반가웠다. 그는 이번 일을 계기로 영화의 참맛을 알게 되었다.

연출에서 가장 짜릿한 순간은 배우들에게 존경을 받을 때도, 아카데미상을 받았을 때도 아니었다. 서로의 신뢰 속에서 불가능할 것 같았던 촬영을 해내고 스크린으로 보게 되는, 그 기적의 순간인 것이다.

『기적의 연출』 완결

초대형 24시 만화방

신간 100%, 샤워실, 흡연실, 수면실(침대석), 커플석, 세탁기 완비

■ 시흥 정왕25시점 ■

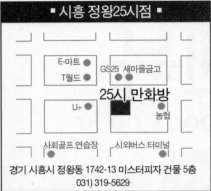

경기 시흥시 정왕동 1742-13 미스터피자 건물 5층
031) 319-5629

■ 강북 노원역점 ■

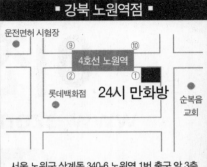

서울 노원구 상계동 340-6 노원역 1번 출구 앞 3층
02) 951-8324 (화용빌딩 3층)

■ 일산 정발산역점 ■

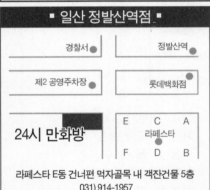

라페스타 E동 건너편 먹자골목 내 객잔건물 5층
031) 914-1957

■ 일산 화정역점 ■

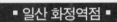
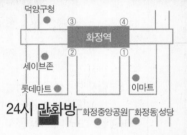

경기도 고양시 덕양구 화정동 984번지 서일빌딩 7층
031) 979-4874 (서일사우나 건물 7층)

■ 부천 역곡역점 ■

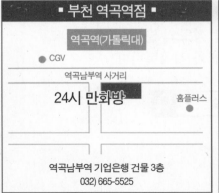

역곡남부역 기업은행 건물 3층
032) 665-5525

■ 부평역점 ■

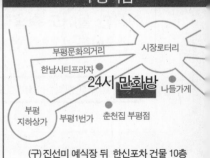

(구)진선미 예식장 뒤 한신포차 건물 10층
032) 522-2871

이계진입 리로디드

임경배 퓨전 판타지 소설

FUSION FANTASTIC STORY

『권왕전생』 임경배의 2015년 신작!

『이계진입 리로디드』

왕의 심장이 불타 사라질 때,
현세의 운명을 초월한 존재가 이 땅에 강림하리라!

폭군으로부터 이세계를 구원한 지구인 소년 성시한.
부와 명예, 아름다운 연인…
해피엔딩으로 이야기는 끝인 줄 알았건만
그 대가는 지구로의 무참한 추방이었다.
그리고 10년 후……

"내가 돌아왔다! 이 개자식들아!"

한 번 세상을 구한 영웅의 이계 '재'진입 이야기!

Book Publishing CHUNGEORAM

유행이 아닌 자유추구 -
WWW.chungeoram.com

현윤 장편소설
FUSION FANTASTIC STORY

현대 무림 지존

무참히 살해당한 부모님의 복수를 위해
모든 걸 걸었다!

『현대 무림 지존』

"너희들의 머리 위에 서 있는 건 나다."

잔혹한 진실을 딛고 진정한 무인으로 거듭나는
태하의 행보를 주목하라!

Book Publishing CHUNGEORAM

유행이 아닌 자유추구 -
WWW.chungeoram.com

미러클
테이머

인기영 장편소설
FUSION FANTASTIC STORY

MIRACLE
TAMER

이계로 떨어져 최강, 최고의 테이머가 되었다.
그러나… 남은 것은 지독한 배신뿐.

배신의 끝에서 루아진은 고향, 지구로 되돌아오게 되는데…….
몬스터가 출몰하기 시작한 지구!
그리고 몬스터를 길들일 수 있는 테이머 루아진!
그 둘의 조합은……?

『미러클 테이머』

**바야흐로 시작되는
테이머 루아진과 몬스터들의 알콩달콩한
대파괴의 서사시!!**

Bon's Publishing CHUNGEORAM

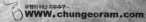

GRAND SLAM

FUSION FANTASTIC STORY

자미소 장편소설

그랜드슬램

2016년의 대미를 장식할 최고의 스포츠 소설!!

Career record : 984W 26L
Career titles : 95
Highest ranking : No.1(387weeks)
Grand Slam Singles results : 23W
Paralympic medal record : Singles Gold(2012, 2016)

약 십 년여를 세계 최고로 군림한 천재 테니스 선수.
경기 내내 그의 몸을 지탱하고 있는 것은…… 휠체어였다.

『그랜드슬램』

휠체어 테니스계의 신, 이영석(32).
그는 정상의 자리에서도 끝없는 갈망에 사로잡혀 있었다.

"걷고 싶다, 뛰고 싶다. …날고 싶다!!"

**뛸 수 없던 천재 테니스 선수
그에게, 날개가 달렸다!!!**

Book Publishing CHUNGEORAM

유행이 이니던 자유추구~
WWW.chungeoram.com

GAME BALL

게임볼

설경구 장편소설

FUSION FANTASTIC STORY

무명의 야구인이었던 남자,
우진이 펼치는 야구 감독으로서의 화려한 일대기!

『게임볼』

"이 멤버로 우승을 시키라고?"

가상 야구 게임,
게임볼을 통해 인생 역전을 꿈꾸는

한 남자의 뜨거운 행보에 주목하라!

Book Publishing CHUNGEORAM

유행이 아닌 자유추구 -
WWW.chungeoram.com

투신 강태산

박선우 장편소설

FUSION FANTASTIC STORY

무림을 휩쓸던 '야차(夜叉)'가 돌아왔다.

『투신 강태산』

여행사 다니는 따뜻한 하숙생 오빠이자
국가위기 특수대응팀 '청룡'의 수장.
그리고 종합격투기계를 휩쓸어 버린 절대강자.
전 세계를 무대로 펼쳐지는 투신 강태산의 현대 종횡기!!

"나는, 나와 대한민국의 적을, 철저하게 부숴 버릴 것이다."

서러웠던 대한민국은 잊어라!
국민을 사랑하는 대통령과 절대강자 투신이 만들어 나가는
새로운 대한민국이 펼쳐진다!!

Book Publishing CHUNGEORAM

유행이 아닌 자유추구 -
WWW. chungeoram.com